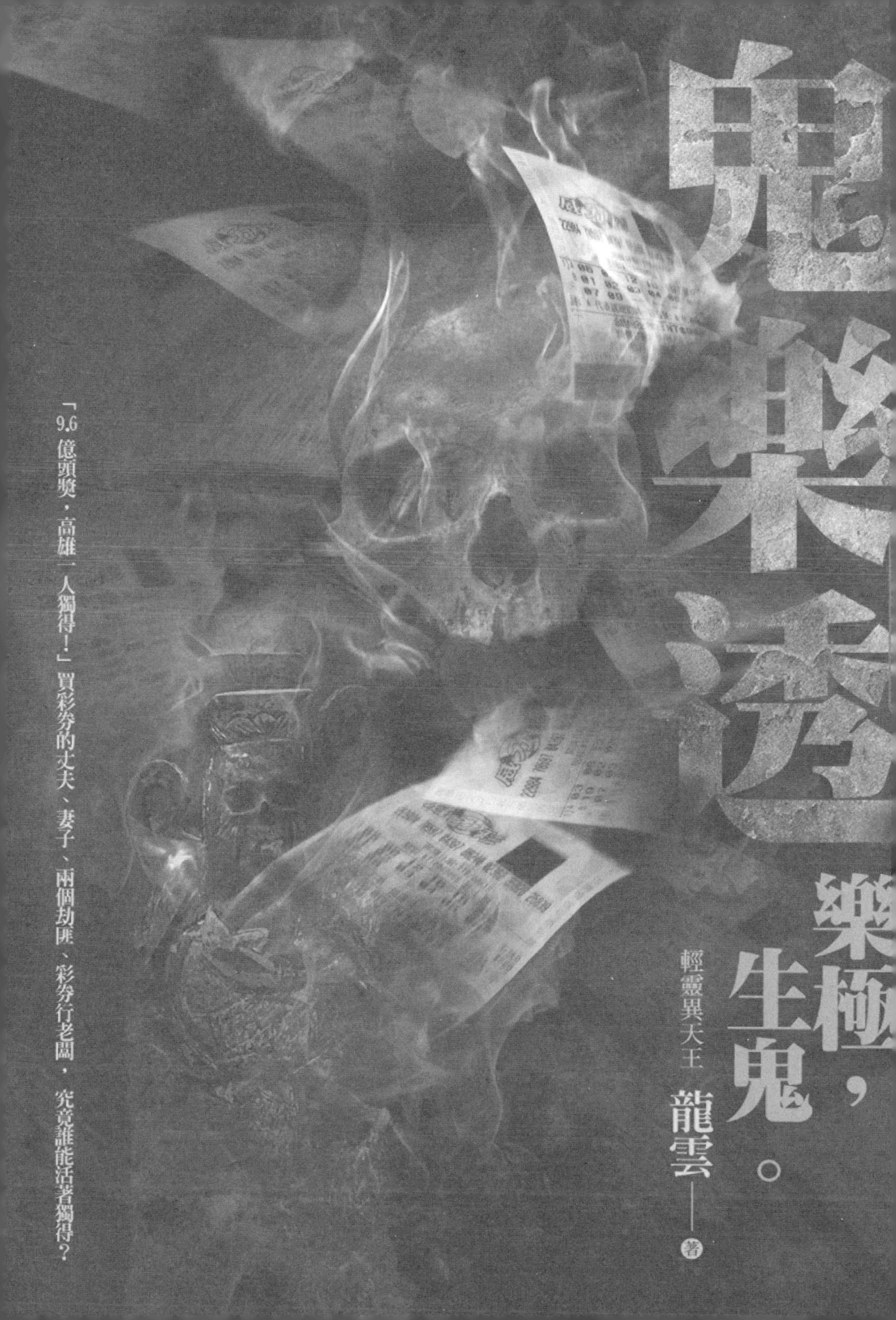
鬼樂透
樂極，生鬼。
輕靈異大王 龍雲——著
「9.6億頭獎，高雄一人獨得！」買彩券的丈夫、妻子、兩個劫匪、彩券行老闆，究竟誰能活著獨得？

楔子 一張彩券

人生最幸運的事情是什麼?

這個問題可以有很多的答案,而且大部分人的答案都不盡相同。不過如果你是住在台灣,詢問身邊的人這個問題,或多或少會出現一些相同的答案。

其中一個很可能就是——中樂透頭彩。

一夜之間,從一個平民成爲億萬富翁,不需要任何的實力與努力,只需要透過運氣,任何市井小民,都可能是下一位億萬富翁。

正是因爲這個緣故,自從多年前台灣開始發行公益彩券之後,許多台灣人都會做一下中樂透頭獎的美夢。

每次只要連續幾期頭彩都沒有得主,累積了大筆的獎金時,彩券行門口總會出現大排長龍的人潮,同事們與朋友之間,總是不忘聊聊下注多少、熱門的號碼是哪些之類的話題。

這也是在彩券發行以來的這些年，不斷重複上演的戲碼。

在這樣的熱潮帶動之下，彩券行如雨後春筍般，林立在各個大街小巷之中。

而這整件事情的發生，就是從其中一家彩券行開始的。

彩券行的門口，貼了許許多多大開的影印紙，上面都是過去在這間彩券行開出來的彩券。

雖然沒有頭獎、二獎等大獎，但是其他林林總總的各式獎項也貼滿了一整片牆壁，其中還不乏一些將近十萬的大獎。

這間彩券行就開在大馬路旁，往來的車輛與人潮不算少，但總是門可羅雀，主要也是因為這附近有不少家彩券行並存。

雖然這家彩券行的位置還算不錯，但是缺少頭獎等大獎的加持，以至於比起在不遠處的巷弄裡、曾經開過兩次頭獎的彩券行，生意要差很多。

彩券行裡頭擺著幾張桌子，牆上有幾台液晶螢幕，不斷顯示著上期開獎與本期預測的號碼。

雖然整體環境還算乾淨，但對比此刻外面來來往往的人潮與店裡只有一個客人站在櫃檯邊的情況，難免顯得冷清。

櫃檯的另外一邊，行動不便的老闆正熟練地操作著電腦。

正在購買彩券的客人叫做陳恩典，是一個住在附近的常客。

雖然說是常客，但在老闆的印象當中，已經有一段時間沒有看到他了。

還記得去年他幾乎每一期都會來買個幾注，當彩金提高的時候，還會跟人集資包小牌，可是大約從半年多前開始，就不常見到他了。

有別於以往進來之後，便會找張桌子坐下來好好研究一下，今天的恩典反而像是第一次來買彩券，看起來有點猶豫不決。

恩典走進店裡之後，盯著牆壁上面的液晶螢幕考慮了好一會，才走到櫃檯，跟老闆表示要買一張電腦選號的威力彩。

今天晚上正是威力彩開獎的日子，尤其本期累積了九億多的獎金，只是買氣並沒有老闆預期的那麼好。

不過老闆也不心急，畢竟現在才剛進入下班時間，相信在開獎前，買氣應該會稍微熱一點才對。

恩典站在櫃檯前等著老闆印彩券。

櫃檯上的電腦螢幕旁邊，擺放著一個元寶跟一尊神像，應該是要爲上門的客人討個好彩頭，讓大家都能吉利中獎。

恩典以前沒有看過，不過大概也了解老闆擺這兩個東西的用意，只是……

恩典側著頭看著那尊神像，那是一尊黑色的神像，他一開始還以爲是那種西藏的黑財神，可是怎麼看怎麼怪，畢竟這種神尊，不應該會有獠牙從嘴巴裡面冒出來才對啊。

「可以摸一下啊，」老闆笑著說：「聽人家說這種黑財神很靈喔！」

原本還有點疑惑的恩典，在聽到老闆這麼說之後，揮去了心中的疑惑。

果然是黑財神。

恩典點了點頭，伸手摸了摸神像，也算是討個好彩頭。

對大部分的賭徒來說，迷信是他們生命的一環。

如果不是這樣的話，向鬼神問明牌這種偏方，也不會一直流行至今。

這時櫃檯後面的老闆將印出來的彩券，用紅包袋裝好，遞給恩典時還不忘說道：「祝你中獎，記得常來光顧喔。」

老闆這麼說的同時，也在內心暗自猜想，到底是什麼原因讓這個常客有好一段時間都不來上門？

恩典從老闆手中接過裝有彩券的紅包袋後，便轉身走出彩券行。

恩典當然也知道老闆認得自己，畢竟他曾經是這家店的熟客，過去只要累積幾期彩金沒人中，他總會跟著全民一起瘋頭彩，只是後來老婆劉虹娟抗議，他才會有很長一段時間都沒有買彩券。

可是今天不一樣，今天的這張彩券，很有可能會改變恩典的一生。

至少，在走出彩券行的這一刻，恩典眞的有這樣的預感。

恩典回頭看著貼有過去中獎紀錄的牆面，衷心希望自己胸前口袋裡剛買的這張彩券，不久之後也可以被印在這面牆上。

就在恩典看著那些中獎彩券的同時，彩券行的對面，一名男子正看著他的背影，嘴角浮現出一抹微笑，搖了搖頭。

正沉溺在美好幻想中的恩典，完全沒有注意正在凝視著自己的男子，更沒有注意到那個瞪大雙眼從後面靠近自己的女子。

「不要跟我說，」女人的聲音，從恩典身後傳來：「你剛剛進去買彩券了。」

他就算沒回頭，也知道說話的人是誰。

恩典馬上回過頭，果然見到老婆阿娟就站在身後，兩手盤於胸前，一臉興師問罪的模樣。

恩典臉色有點尷尬，猶豫了一會才點點頭說：「嗯，買了一注。」

此話一出，阿娟臉色驟變。

「所以，」阿娟沉著臉說：「你把我說的話都當作放屁就是了？」

「沒那麼嚴重吧？」恩典皺著眉頭說：「就一百塊玩玩而已啊。」

恩典又露出那副無所謂的表情，讓原本就非常不爽的阿娟，更加火冒三丈。尤其是在幾天前，因爲房東希望下個月可以調漲租金的關係，兩人才商量過要存一筆錢來當買房的頭期款，恩典明明也贊成兩人一起減少開支，盡可能避免一切不必要的支出，想不到才過沒幾天，他就把錢浪費在買彩券上。

「你寧可浪費這個錢？」阿娟心中的不悅全寫在臉上：「你是不是忘記你答應過我什麼了？亂花錢買彩券也叫做節省一切不必要的開支嗎？」

怒火中燒的阿娟，也不管旁邊就是大馬路，當街直接指責起恩典，引來一些經過路人的側目。

阿娟的話當然也傳到了彩券行老闆的耳裡，老闆原本還納悶這個常客怎麼好一陣子都沒來光顧了，現在他終於得到了答案。

「就一百而已，別這樣嘛。」有點難堪的恩典苦著臉，試圖想要安撫阿娟。

豈料這話說出來，更讓阿娟不爽，她幾乎咆哮地吼道：「什麼叫就一百？今天一百，明天兩百，誰知道你要買到幾個一百才會罷休！你不要忘了，當初你答應過我不賭了！」

被阿娟這麼說，恩典也沒辦法辯駁什麼，只能低著頭任憑阿娟指責。

「你啊！就是不肯腳踏實地，老是寄望這種東西，人生才會一敗塗地，連做人都抬不起頭來。」阿娟用手指指著他，完全不在乎周遭逐漸變多的下班人潮，毫不留情地指責道：「對於未來，我早就看透了，我已經不奢望你能有什麼作爲了！現在你連答應過我的事情，都當作在放屁，你都不覺得自己太過分了嗎？」

冰封三尺，非一日之寒，不管對恩典還是阿娟來說，都是如此。

恩典的一生實在沒有什麼特別的，不會比一般人幸運，也不會比一般人悲慘，讀的學校中等，能力也一樣中等，就連出社會工作也只是一個普通的職員。

如果把所有人的人生各個階段通通拿來平均，恩典可以說就是那個平均值。

就好像一個平凡到不行的路人甲。

這樣的角色如果套用在遊戲上，注定一輩子就是只有一張大眾臉、沒有性格的NPC，當然也沒有任何值得著墨的地方。

——至少到目前爲止確實如此。

恩典也曾有過不少一時心血來潮的熱情，但是很快地現實就會告訴他一個事實——認清自己的平凡。

對恩典來說，平凡不是一種選擇，而是一種宿命。

因此，得過且過，一直都是恩典的座右銘。

雖然不至於到醉生夢死，但是如果沒有任何人反對的話，他願意就這樣直至終老。

正是因爲這樣的個性，導致恩典一遇到阿娟這樣跋扈起來指責自己的場面，他也只是睜一隻眼、閉一隻眼，想辦法混過去就可以了。

就好像此刻低著頭的他一樣。

而對於阿娟，每一段關係，都有不同的相處之道。

因爲恩典太過於隨和、軟弱，慢慢地她變成主導的一方，但這並不是她的本意，完全是兩人個性差異的結果。

隨著主導權握在手上，阿娟自然變得強勢，每次只要遇到問題，恩典總是用鴕鳥心態來度過，讓阿娟恨鐵不成鋼的怒火不自覺油然而生，想要用言語刺激這個凡事不在乎的老公，但是在效果不彰的情況之下，這些激將用詞，反而變成了有如霸凌般的辱罵而已。

當然，這並不算少見，放眼整個世界，這樣型態的夫妻幾乎可以說是隨處可見。

阿娟與恩典不是第一對，當然也不可能是最後一對。

過去，對於阿娟這種毫不給自己面子、當街碎碎唸的行爲，恩典一向沒什麼意見，也沒什麼感覺。

但是今天，路上行人們的視線，彷彿帶有高溫的射線，灼燒著他許久不曾感受到的自尊。

低著頭的恩典，稍稍轉過頭看向彩券行裡面，老闆一對眼睛正看著自己，只是當兩人四目相接的時候，老闆也識相地轉過頭去。

不只老闆，就連其他路人，雖然不見得會轉過頭來直接看著兩人，不過目光總是會跟著轉向兩人這邊，甚至有些結伴的行人在過去之後，還不停回頭看，並且笑著竊竊私語，一整個就是把自己當成笑話看。

恩典感覺心中的怒火熊熊燃燒了起來，對於阿娟的一言一語都有著難以形容的厭煩。

絲毫沒有感覺到恩典的變化，阿娟一如往常得理不饒人地唸著。

「如果眞的有那個命能夠中獎的話，你的人生才不會這麼失敗。」阿娟雙手扠著腰說。

聞言，恩典不自覺想著：這女人，彩券都還沒開獎就一直觸他霉頭。

恩典的雙手下意識握成拳，但是阿娟卻仍然沒有要收斂的跡象。

人生本來就有潮起潮落，就好像心情也有高低起伏。

但是在這段婚姻與感情之中，恩典始終沒有自己的情緒，只會逆來順受。

就在剛剛好不容易有了預感，這張彩券會徹底改變自己的一生，這樣的熱情，卻在短短幾分鐘之內，全被阿娟唸到不見了。

過去恩典總是可以把阿娟的這些話當作耳邊風，反正窩囊也不是一天、兩天了，如果連這些話都能夠改變他的話，或許他的人生早就有一番不同的風貌。

但是今天他眞的受不了了，不只因爲她不斷翻舊帳，還因爲她不斷重複地說

「這張彩券浪費錢、根本不會中」之類的話。

於是，恩典做了這些年來一直想做卻從來沒做過的事情。

「妳說夠了沒？」他突然抬起頭來，打斷了阿娟的話。

「啊？」突然被打斷，阿娟的不悅與難以置信全寫在臉上。

「到底是說夠了沒啦！」恩典突然咆哮道：「幹！」

這一句話，包含了恩典多年來被壓抑的情緒，尤其是最後一個字，更是大聲到整條馬路的人都聽得到。

最後的這一個字不但驚動了阿娟，更驚動了附近的民眾與店家。

時間彷彿暫停了，所有人的動作都因爲這個字，而有所停頓。

不過這只是非常短暫的一瞬間，下一秒，所有人立刻裝作一切都沒有發生過，繼續做著自己前一刻在做的事情。

走路的走路、聊天的聊天、整理櫃檯的繼續假裝整理櫃檯。

但還是有些蛛絲馬跡，留在所有人的臉上。

尤其是彩券行的老闆，抿著嘴繼續擦著櫃檯，但是嘴角很明顯露出笑意。

這一切全都看在阿娟的眼裡，讓阿娟羞愧得無地自容。

阿娟覺得這實在非常丟臉，個性本來就比較強悍的她，當然立刻跟恩典吵了起來。

或許過去的每一天，恩典都可以讓著阿娟，但是今天的他，說什麼也不示弱，一句一句粗魯地反擊，兩人就這樣一路吵回家。

「既然你要這麼墮落，別拖我下水！」阿娟大聲罵道：「乾脆我們離婚算了！」

阿娟丟下這句話之後，衝進浴室，爲這場爭吵帶來了一點暫時的寧靜。

才剛衝進浴室，阿娟委屈的眼淚立刻掉了下來。

她不想被恩典看到自己軟弱的一面，坐在馬桶上哭了一會之後，決定洗個澡，等眼睛不再紅腫之後再出去。

而浴室外，恩典坐在床邊。

對於今天的脾氣失控，他非常清楚，這並不是沒來由的一時衝動。

就在自己重新審視人生的此刻，他非常不解爲什麼這女人就是要這樣鬧。

今晚，他對於阿娟與自己的這段婚姻，有了一種哀莫大於心死的感覺。

仰起頭，牆上的鐘提醒了恩典，開獎的時刻已經到了。

放在胸前口袋裡的彩券，到底是一張廢紙，還是通往一條非凡人生的車票，馬上就會有了答案。

恩典打開電視，轉到了開獎頻道。

看著電視，手上握著這張彷彿宣判自己人生的彩券，恩典認眞地對著每一個號碼。

開完獎之後，恩典張大了嘴，一臉難以置信地看著電視，然後又低頭看了看手上的彩券。

最後，恩典的嘴角，緩緩地勾起了一抹笑意。

第一篇

劉虹娟

1

劉虹娟將頭都浸在水中，溫暖的水包裹著她的身體，慢慢撫平她激動的內心。

就在恩典在外面對獎的時候，阿娟爲了不讓他看到自己軟弱的一面，選擇洗個澡，冷靜一下情緒。

一開始，阿娟有滿滿的不甘心，過去的恩典從來不曾像今天這樣，當著眾人的面跟自己對吼，委屈的心情，讓阿娟忍不住哭了出來。

但是當浸泡在熱水中、情緒慢慢平復的現在，阿娟也有一點後悔剛剛的衝動了。

尤其脫口說出要離婚，讓阿娟眞的非常懊悔。

阿娟很了解恩典，買張樂透實在不是什麼嚴重的事情，更不是離婚的好理由。

想要爲這樣平淡的生活，帶來一點渺茫的希望，也沒什麼大不了的。

唯一讓阿娟氣不過的，是恩典那永遠都沒有衝勁的人生觀。女人嘛，總是望夫成龍。

可是恩典對於自己的人生，卻總是無所謂。

拿一筆死薪水，做一份永遠都沒有升遷機會的工作，不願意做出任何改變，卻寧可把未來的希望，放在一張彩券上。

阿娟已經年過三十，說穿了，就是不想要這樣過一輩子。

然而把希望放在恩典的身上，說實在的，就連阿娟自己也覺得強人所難。

至少，他們現在沒有被債務壓得喘不過氣，已經算不錯了。

在這個人人或多或少得揹上一些像是房貸、車貸或卡債等債務的年代中，這點已經算是難能可貴了。

兩人雖然沒有多少存款，但是生活至少不虞匱乏，雖然不能揮霍，卻也不會餓到肚子。

從這個角度來說，阿娟也知道這段婚姻生活眞的可以說是比上不足、比下有餘。

既然如此，兩人到底又在吵什麼呢？

就連阿娟自己都覺得有點莫名其妙了。

雖然說恩典過去有三不五時就會跟朋友賭一把的惡習，但是在阿娟接連幾次的「勸說」之後，他現在幾乎不會去跟朋友打牌了，就連這次買樂透也只是買一注，跟過去會約朋友一起合資包牌有很大的不同。

換句話說，恩典也不算完全把自己的話當作耳邊風，只是偶爾手癢去買個一張，反而是自己有點太小題大作了。

談和吧。

看著鏡子裡面的自己，這樣的想法浮上了阿娟的腦海。

但是才剛走到浴室門口，阿娟的想法立刻又有了改變。

不行，不能就這樣算了。

阿娟可不希望恩典爬到她頭上，她說什麼都不能輕易妥協。

站在浴室門前，阿娟決定這件事情不能就這樣算了，至少需要好好溝通一下。

現實還是擺在眼前，如果照恩典的方式活下去，兩人就算沒有近憂，也會有遠慮。

總不能一輩子都像現在這樣租屋吧？

總之出去之後，兩人心平氣和地談一談吧！

下定決心之後，阿娟調整了一下情緒，以這種情況來說，阿娟覺得這已經是她最大的讓步了。

她才剛走出浴室，就被臥房裡面昏暗的燈光給嚇了一跳。

怎麼搞的？

定睛一看，恩典背對著她側躺在床上，很明顯有種想要把這場爭執，演變成一場冷戰的意味。

要冷戰就冷戰吧！

阿娟哼了一聲，稍微梳理一下，接著躺到床上，氣呼呼地關上床頭燈。

阿娟就這樣帶著又悶又氣的情緒，不知不覺地進入了夢鄉。

2

第二天一早，阿娟醒來的時候，恩典已經不在床上，看樣子已經出門了。

看了看時間，她發現恩典比平常出門上班的時間要早了許多。

阿娟起床，看到餐桌上放有紙條，不自覺笑了出來，大概猜到寫了什麼。

應該就是要求和吧。

過去很多次阿娟被恩典氣得半死，最後因爲要上班、來不及安撫阿娟情緒的恩典，都會像這樣，留一張道歉的紙條。

雖然昨天那樣的爭吵，在兩人之間並不常見，但是到頭來恩典還是選擇了讓步，這讓阿娟昨天殘留下來的一點不悅情緒，一掃而空。

阿娟帶著一臉笑意走向餐桌，接著，笑容變得有點僵了。

因爲那看起來根本就不像是紙條，而是密密麻麻的文件。

當阿娟走到餐桌邊，看清楚了那張紙之後，臉上的笑意頓時消失得無影無蹤。

的。

只見文件最上面，清楚地寫著「離婚協議書」，不過這還不是最讓阿娟震驚的。

最讓阿娟感覺到驚訝萬分的，是在這份離婚協議書的最後，可以清楚地看到陳恩典的親筆簽名。

換句話說，只要阿娟在另外一欄，簽下自己的名字，兩人之間多年的婚姻關係，就可以算是正式結束了。

這——

阿娟簡直難以相信。

然而，離婚協議書就擺在桌上，靜靜地等待著那個昨天開口說要離婚的女人，簽下自己的名字。

3

電話裡面一陣爆吼，阿娟忍不住將聽筒拿遠了一些，即便如此，阿娟還是覺得耳膜一陣刺痛。

看到離婚協議書之後，阿娟愣了好一陣子，接著許多情緒在同一時間全部浮現出來。

羞愧、懊悔、憤怒、不甘心，各式各樣的情緒就好像堆積在爆竹工廠裡面的多樣爆竹，同時被離婚協議書這把火給點燃，瞬間全部引爆。

但是面對空蕩蕩的家、面對毫無生命的離婚協議書，不管阿娟再怎麼憤怒、無助，也完全無濟於事。

於是在經過了好一陣子的沉澱之後，阿娟好不容易回復冷靜，決定先打電話給恩典。

至少也要先談一下吧？離婚這種事情，不是應該要好好談過之後才能做出的決定嗎？

對阿娟來說，昨天的事情眞的沒有到非得這樣不可的地步。雖然開口說離婚的的確是自己，但那只是一時負氣，阿娟相信恩典應該也非常清楚才對。

當然在這條漫長的婚姻路上，阿娟的確曾經考慮過離婚，但絕對不是這麼突然，更不是這麼隨便。

然而，恩典的手機卻是關機狀態，在沒有其他辦法的情況之下，阿娟只好打電話到恩典的公司。

誰知道才剛說要找恩典，電話那頭竟然傳來一陣爆吼聲。

由於對方非常激動，聲音又大到破音，以至於阿娟根本聽不清楚他在說什麼，只好把話筒拿開一點。

在對方吼了一陣了之後，聲音突然小了很多，似乎換了個人接，阿娟才將話筒放回耳邊。

「喂，不好意思喔，妳是恩典的老婆阿娟吧？」電話那頭一個女子的聲音說道：「那個……老闆現在還在氣頭上，所以才會發那麼大的脾氣。眞是不好意思。」

雖然對方很有禮貌地這樣說，但阿娟還是覺得莫名其妙，不管發生什麼事，都不應該這樣亂吼亂叫吧。

「沒關係。」阿娟心口不一地說。

「唉，恩典到底是怎麼了？」對方嘆了口氣說。

「啊？」阿娟皺著眉頭問：「發生什麼事情了嗎？」

「啊咧？」對方的口氣難掩訝異，「他沒跟妳說嗎？」

妳什麼都沒說，我怎麼知道妳在說什麼？妳是白痴嗎？

阿娟在心裡咒罵著對方，但口頭上還是非常客氣地說：「妳沒告訴我發生什麼事，我當然不知道他有沒有提過。」

「嗯……」對方沉吟了一會之後說：「恩典今天一早來公司，當面向老闆辭職，還把老闆罵了一頓，罵到老闆幾乎都要找人揍他了。」

「啊!?」阿娟張大了嘴，幾乎不敢相信對方所說的話。

「然後他拍拍屁股就閃人了！」對方繼續說：「今天有客戶要來開會，那個案件本來是恩典負責的，結果現在因爲恩典跑了，大家都亂成一團，妳又在這個時候打來，所以老闆才會那麼生氣。陳太太，妳知道恩典現在人在哪裡嗎？如果可以的話……」

這個消息來得太過突然，阿娟簡直難以置信，也管不了什麼禮儀，喀嚓一聲就切斷了通話。

阿娟搖著頭，看了看桌上的離婚協議書，愣愣地坐了下來。

這到底是怎麼回事？恩典辭職了？爲什麼？

許多疑問，浮現在阿娟的腦海之中。

她實在無法相信，自己的老公竟然會做出這樣的舉動。

憑她對恩典的了解，她甚至覺得如果不是公司把他開除，他可能眞的會這樣幹一輩子。

就算薪水微薄，他還是會幹一輩子。

從以前就比較怕事的恩典，實在很難想像他會幹出這樣的事情。

難道說，昨天的爭吵，眞的把恩典的精神跟腦袋吵出毛病來了？

一想到這裡，阿娟當然有滿滿的內疚感。

不過理性地想一下，雖然恩典不常回嘴，可是倒也不是沒有這樣吵過，兩人之前還有吵過更凶的，但都沒有像這次一樣。

看著桌上的離婚協議書，阿娟還是難以置信。

兩人不過就是因為恩典浪費一百元去買了一張彩券，誰能想到竟然會鬧成這樣，現在連工作都丟了，這也太誇張了吧？

怎麼想，都覺得非常不合理。

然後，阿娟的思緒瞬間都被中斷了。

等等……給我等一等！

阿娟的動作停了下來，臉色也跟著驟變，疑惑逐漸消失在臉上。

阿娟突然有種瞬間領悟的感覺。

她想起恩典昨天買了彩券……而且，威力彩不是昨天開獎的嗎？

阿娟馬上起身四處尋找，卻都沒有看到昨天恩典買的那張彩券。

翻了翻垃圾桶，也沒有看到彩券。

在她的印象中，如果沒有中獎，恩典都會把彩券撕掉，然後丟到垃圾桶。

阿娟也翻過昨天恩典穿的衣服跟褲子口袋，也沒有看到那張彩券。

這讓阿娟不免感到困惑。

如果說，恩典忘記對獎，或者根本不想對獎，彩券就應該還收在家裡的某個角落，或者是放在昨天他穿的衣服口袋裡面沒有拿出來。

然而，衣服裡面沒有，家裡翻遍了也沒找到那張彩券，這麼一來，只有一個可能性，就是恩典將那張彩券帶出門了。

問題是，如果記得帶出門，怎麼可能會忘記對獎？

畢竟彩券原本是放在恩典昨天所穿的衣服口袋裡面，如果他要將彩券帶出門，就必須「特地」將它拿出來。

恩典這麼做，最有可能的情況只有一個——那是張有價值的彩券。

推論出這樣的結論，一個可能性，浮現在阿娟的腦海中。

只是因為這個可能性太令人震驚，讓阿娟一時之間反而難以接受。

但是當她又把所有事情想了一遍之後，一切似乎都變得合理了。

恩典的所有行為，都非常符合邏輯。

一想到這裡，阿娟下意識地走到房間的電腦前坐下來。

打開電腦，一連上網路，映入眼簾的就是「**9.6億頭獎　高雄一人獨得**」的消息。

連查都不用查，首頁的焦點新聞就已經用加大的粗體字把事實告訴阿娟了。

高雄……一人獨得……九點六億……

阿娟愣愣地站起身來，走回客廳，在沙發上坐了下來，然後又站了起來，走了幾步，又回到沙發坐了下來。

不行！

她一定要知道這個可能是不是眞的。

可是，現在她又找不到彩券，壓根無法得知上面的號碼。

阿娟拿起電話再次打給恩典，但他的手機仍然轉到語音信箱。

阿娟坐立難安，在客廳來回踱步，一秒都停不下來。

阿娟開始在腦海裡回想，自己過去對彩券這東西的認知，突然，她想到了一個方法。

只要回去昨天買彩券的那家彩券行，雖然不能得到非常確定的答案，但是至少心裡可以有個底。

有了這樣的想法，阿娟一秒都待不住，拿起薄外套和鑰匙就衝了出去。

4

阿娟雖然憑著一股氣，衝到了彩券行門口，卻不知道該如何開口。

她猶豫了好一會兒，一直等到彩券行的老闆與她對上了眼，她才有點怯懦地走進去。

老闆是個雙腳不良於行的中年男子，一看到阿娟，臉部肌肉很明顯地抽動了一下，但是爲了不讓阿娟發現、避免尷尬，老闆立刻別過視線。

阿娟假裝看了一下四周，才來到櫃檯前。

「那個……」阿娟有點不好意思地開口。

爲了向彩券行打探，阿娟可是想了很久，總不可能一進來劈頭就問你們昨天有沒有開出大獎吧？

一來太過於突兀，二來難免會被問及原因。

自己昨天還跟恩典在門口大吵一架，老闆說不定還記得自己，這樣一問，只要聰明一點的人，多半可以聯想出一點端倪。

老闆轉過頭來看著阿娟，眼神流露出一抹冷漠。

果然，老闆還記得昨天的事情。

阿娟見到老闆的表情之後，內心這麼想著。

如果是這樣的話，阿娟也想好了說詞。

「我老公昨天在你這邊買了彩券，」阿娟一臉歉意地說：「我們因爲這樣有點摩擦，所以在店門口起了爭執，給你帶來困擾，眞是不好意思。」

老闆聽了之後，原本好似想要說些什麼，但卻只是動了動嘴，沒有眞的說出口，最後只是點了點頭。

眼看情況有點尷尬，阿娟只能僵硬地笑著，試圖想要完成目的。

阿娟站在櫃檯前，有點笨拙地看了一下擺在旁邊的刮刮樂，裝作一副好像想要消費的模樣，然後突然轉過頭來，盡可能裝作閒聊般的口吻說道：「我、我聽附近的鄰居說，你這裡昨天開出了大獎啊？」

這是阿娟想了很久之後，最好的一個套話說法了。

就算沒有，阿娟也可以打哈哈過去，說什麼「是我聽錯了嗎」之類的話。

如果對方眞的很不爽的話，她就客氣一下買個幾張彩券，相信如果自己是客人，老闆的臉色應該也不會臭到哪裡去才對。

老闆聽了，稍微愣了一下之後，豪邁地笑著說：「對啊！我店裡開出頭獎啊！咋天開獎後我就放鞭炮了，只是這期頭獎累積了不少彩金，所以買氣比以往熱很多，我都不記得是誰買的了。」

老闆說得一派輕鬆，但是這幾句話卻聽得阿娟整個人都快暈過去了。

「對啊！我店裡開出頭獎啊！」老闆的這句話，在阿娟的腦海之中反覆迴盪著。

「那還眞是恭喜你了。」阿娟丟下這句話之後，轉身朝門口走，完全不管這樣草草結束對話有多麼突兀。

臨走前，阿娟看到牆上寫著「本期頭獎9.6億」的看板，心想這應該是還沒來得及換下來的資訊。

九點六億……就算狠一點，讓你扣百分之五十的重稅，實拿也有將近五億。

這是阿娟一輩子想都沒有想過的數字。

走出彩券行，阿娟因為思緒太過混亂，連自己在想什麼都搞不清楚了。

原本有些瘋狂的猜想，也變得越來越眞實了。

是的，如無意外，她老公應該是中頭彩了。

光是這個想法，就已經讓阿娟感覺到呼吸困難了。

如果眞的是這樣，不要說恩典辭職，就連她都想要辭職了。

她想起早上因爲看到離婚協議書過度震驚，便打電話去公司請假，由於事出突然，還被主管唸了一頓。

如果早知道恩典中了頭彩，那麼她也會跟他一樣，跑去公司好好臭罵一下這些年來對她一直不是很好的主管，還有一些她比較討厭的同事。

而她也非常清楚，這代表著她跟恩典兩人的生活，將會永遠不一樣。

事實上，任何人都一樣。

一旦中了巨額的頭獎之後，不管任何人的生活都會因此有了劇烈的改變。

而恩典中頭獎之後，第一件事情就是要跟她離婚，並且辭去工作。

當阿娟想到這一點之後，她的情緒眞的宛如雲霄飛車般起伏。

一開始，阿娟當然感到無比的興奮與開心，畢竟自己的老公中了頭獎，他們從此不用再過這樣平凡無味的日子，他們的人生也不用再爲錢苦惱了。

想到這裡，阿娟的心情眞的彷彿到了天堂一樣。

光是這一點，就算被恩典唸上幾句，甚至罵上幾句，阿娟也會甘之如飴。

但是，就好像爬到頂點的雲霄飛車般，最終還是只能往下墜，當她轉念想到，恩典中了頭獎的第一件事，竟然是想要跟自己離婚，就讓阿娟的心情沉到了深不見底的谷底。

這代表了一個非常直白的事實——恩典一點也不想要跟她共度中獎之後徹底改變的人生。

當阿娟了解到這點，心情不單單低落到極點，甚至夾雜了恨意與哀怨。

七年……這七年來，她一心扶持著這個堪稱窩囊的男人，將自己的青春年華全部投注在他身上，然後這就是她得到的回報？

這與老公在事業有成之後，便立刻甩了默默在背後支持他的賢內助，以及老婆在生了小孩之後，身材走樣、人老珠黃，老公就去外面偷人，甚至拋棄她反過來跟小三在一起的情況，簡直沒什麼兩樣。

阿娟感到渾身發冷，好像被人從後面捅了一刀，還不停地挖著自己的傷口。

阿娟從來沒有過如此的羞辱感。

回到家的阿娟，臉上與心情都沒有半點雀躍的感覺。

她不知道恩典現在人在何處，她甚至不知道他到底打算怎麼處理那筆巨額彩金，不過阿娟非常清楚一件事情，那就是——如果那男人真的中獎之後就把自己踢開的話，自己怎麼樣都不會甘心吞下去的。

5

家中一片昏暗，阿娟不知坐在沙發上多久了。

時間已是晚上十二點，早就超過了恩典平常回家的時間，阿娟甚至不知道他還會不會回來。

她愣愣地坐在客廳，心情仍舊起伏不定。

即便經過了時間的醞釀，現在的她仍然有一種恍如隔世的感覺。

她從來都不知道，自己的人生居然可以一夜之間風雲變色。

終於，在這樣一片黑暗與寂靜之中，有了一點東西，改變了整個絕望的環境。

大門傳來了金屬的聲響，阿娟知道那是鑰匙插入鑰匙孔的聲音。

果然過了一會之後，大門的門鎖發出了清脆的聲響。

阿娟並沒有動作，只將目光轉向了大門。

大門緩緩地打了開來，一個身影走了進來，並且將大門關上。

即便在一片昏暗之中，阿娟也能從對方的身影清楚地分辨出這個男人正是自己結婚多年的老公。

剎那間，阿娟覺得悲哀，今天的一切讓她深刻領悟到「人心叵測」這句成語的道理。

即便是自己認爲再熟悉不過的老公，竟然也能讓自己感覺到如此心寒。

只見恩典腳步有點踉蹌，整個人搖搖晃晃地走出玄關。

「嘖，」恩典口齒有點模糊地唸道：「也不會留盞燈嗎？」

恩典摸黑把客廳的燈光打開，當燈光一亮，映入眼簾的除了客廳的景象之外，還有坐在沙發上的阿娟那冷漠的臉龐。

「靠！」恩典啐道：「妳在幹嘛不開燈？」

在恩典看到自己的那一瞬間，阿娟覺得她彷彿看到他那熟悉的、做錯事的表情，不過只是很短暫的一瞬間，下一刻躍上恩典臉上的，是讓阿娟感覺到陌生的蠻橫。

恩典搖搖晃晃地來到餐桌旁，桌面上仍然放著那份他早上留下來的離婚協議書。

「妳不是要離婚？怎麼不簽啊？」恩典大動作地轉過身來，歪著頭看著阿娟叫道：「幹嘛不簽啊？不是很想離嗎？」

阿娟沒有回答，一雙眼睛仍然狠狠地瞪著恩典。

「幹！」恩典罵道：「女人就是這樣，只靠一張嘴！看我幹嘛？想問我去哪裡嗎？我告訴妳，我已經簽了這東西，妳……已經沒有資格問我去哪裡了。哈哈，聽懂了沒？妳已經沒有資格了。不過……告訴妳也沒關係啦，嘿嘿，我去『黑皮』啦，怎樣？」

恩典臉上浮現的，是阿娟從來沒有見過的囂張模樣。

阿娟冷冷地看著他。

在這段漫長的等待時間裡，阿娟已經在心中想過不知道多少次，要怎麼樣再次面對這個老公。

事實上，阿娟心中有千言萬語，不管是責備的話也好、求和的話也好、辱罵的話也好，總之此刻阿娟心裡面有許許多多說不完的話，想要對這個搖搖晃晃的恩典說。

但是，阿娟最終卻只用一句話就總結了今天的起起伏伏——

「你昨天買的彩券呢？」

是的，就是這麼一句話，沒了。

濃縮了千言萬語，經過一整天情緒起伏所形成的這句話，一說出口之後，不只恩典一臉訝異，就連阿娟也暗自驚訝。

這完全不是阿娟所計劃的，而是這麼自然而然、脫口而出的一句話，不過卻是非常理所當然的一句話。

是的，什麼都不用多說，把彩券拿出來就對了。

過了幾秒後，原本的震驚消去，就連阿娟自己都覺得這麼說是理所當然的。

阿娟從沙發上站了起來，冷冷地伸出了手，要恩典把彩券交出來。

面對這樣突然的請求，喝得滿臉通紅的恩典先是一愣，然後戲謔地笑了。

阿娟臉色如冰，完全沒有因爲恩典這樣不在乎的態度而軟化，那隻伸向他的手，依然堅定。

「妳是認眞的嗎？」恩典收起笑容，用一雙因爲酒意而泛紅的雙眼，凝視著阿娟。

「交出來！」阿娟不開口則已，一開口便是一聲怒吼。

恩典沉下了臉，凝視著阿娟一會之後，冷冷地給了阿娟一個答案。「不要。」

此話一出，彷彿點燃炸彈的引信般，讓阿娟整個爆發了。

「啊——」阿娟尖叫一聲撲向恩典，一把狠狠抓住了他的頭髮。

恩典完全沒料到阿娟竟然會突然抓狂，加上酒精的催化，幾乎毫無抵抗地就被阿娟抓住了頭髮。

阿娟用力扯著恩典的頭髮，幾乎都要把他的頭皮給扯了下來。

恩典的態度，讓阿娟在這段等待時間所累積的憤怒與痛恨，通通爆發開來。

阿娟的雙眼充滿血絲，表情彷彿修羅般猙獰，左扯右拉地甩著恩典的頭。

會這樣彷彿瘋了般地攻擊恩典，只因爲她認爲自己被徹底糟蹋了。

辛苦、委屈地跟著這樣軟弱無能的男人，最後他一有了橫財，竟然就想要甩了自己。

此恨綿綿無絕期，此痛深深不見底。

阿娟的尖叫與恩典的哀號迴盪在客廳，兩人就好像摔角手般，即便雙雙倒地，仍然扭打成一團。

恩典的頭髮在阿娟的死命拉扯下，終於成了兩綹斷髮，兩人也因爲這樣分開來。

「幹！」恩典從地板上爬起來，痛苦地摀著自己的頭斥道：「妳瘋啦！」

阿娟看著兩手中的斷髮，甩了甩手之後，恨恨地對恩典叫道：「你敢這樣侮辱我，我今天就要跟你同歸於盡！」吼完，阿娟又朝恩典撲了過去。

這一次，恩典立刻做出了反應，他可不想再被阿娟扯下兩綹頭髮，握緊了拳頭，朝著撲過來的阿娟揮了過去。

但是，這些年本來就不怎麼喝酒的恩典，今天破天荒喝了兩攤，已經遠遠超過與阿娟結婚時，敬酒和被灌酒所喝的分量，不勝酒力的他，這一拳揮出去雖然有力量，卻沒有準頭，只有擦到阿娟的臉。

嚇一跳的阿娟也因此沒有抓到恩典的頭髮，兩人撞在一起之後，一左一右倒在地上。

想不到恩典會還手，這讓阿娟更加怒火中燒。

恩典畢竟是個男人，如果兩人眞的卯足全力對打，阿娟恐怕還是打不過他。

不過阿娟不會給恩典任何機會，剛從地上爬起來的阿娟，順手從茶几上拿起了一個東西，對準了恩典的頭，用盡吃奶的力量狠狠敲下去。

原本就已經喝得爛醉的恩典，還在地上掙扎想要站起來，突然砰的一聲悶響，頭顱也跟著震了一下之後，整個人又癱軟在地上。

阿娟本想著恩典會再次嘗試站起來，豈料等了幾秒後，他一點反應也沒有。

這時，恩典的頭顱附近，紅色的血液慢慢地暈了開來。

看到這景象，阿娟才注意到剛剛自己順手抓起來的，竟然是去年尾牙公司抽獎時抽到的大理石菸灰缸。

這時，阿娟才真正意識到自己做了什麼。

而這個認知，讓阿娟臉上原本的恨意完全消退，雙手一攤，手上的大理石菸灰缸掉落在地毯上，發出沉重的聲響，聽起來就跟剛剛敲打恩典頭顱時的悶聲一樣。

阿娟愣愣地站在恩典身旁不知多久，待她回過神來，表情驟變，立刻蹲下來摸了摸恩典上衣的口袋。

阿娟在外套的暗袋裡，摸到一個微有硬度的東西，拿出來一看，果然是那個彩券行給客人裝彩劵的紅包袋。

看到紅包袋，阿娟的心跳得比剛剛盛怒時更快，呼吸也跟著急促了起來。

阿娟小心翼翼地在身上擦了擦手，以免手汗弄髒了裡面的彩券。

在確定擦乾手之後，阿娟將紅包袋打開，裡面果然有一張感熱紙。

阿娟拿著紅包袋，幾乎是用跑的來到了電腦前，打開電腦，很快地找到有當期開獎號碼的網頁。

阿娟謹慎地將彩券從紅包袋裡面拿出來，然後對著電腦螢幕上的那組開獎號碼。

光是第一個號碼，就讓阿娟愣了好一會。

怎麼會這樣？

只見電腦上面顯示的第一個號碼03，完全沒有出現在自己手中的這張彩券上。

想不到第一個號碼就沒有中，她屏住了呼吸，一口氣對下去，結果很快就出爐了，但是卻完全超出阿娟的想像。

兩區總共七個號碼，竟然沒有一個相同的。

難以置信的阿娟，一連對了五次，然後對了一下期號。

沒錯，不管是螢幕上的號碼還是手上的彩券都是當期的。

爲什麼會這樣？

阿娟不死心，上網又找了其他登載有開獎號碼的網頁，卻都是相同的結果。

這到底是怎麼一回事？

阿娟整張臉都垮了下來，一股絕望感頓時油然而生。

阿娟覺得頭暈又腳軟，就連呼吸都變得有點困難。

阿娟站起身來，踉蹌了幾下，差點整個人跌在恩典的身上。

好不容易站穩腳步，阿娟惡狠狠地瞪著躺在血泊中的恩典，怒吼：「爲什麼？你害死我們了！你這個笨蛋！爲什麼沒有中獎！沒中獎你離什麼婚！辭什麼職啊！」

阿娟吼到後來，一屁股坐在沙發上，淚水也跟著奪眶而出。

阿娟痛苦地搖著頭，拒絕承認這一切。

因爲這不合理啊！

如果沒中獎，恩典爲什麼會辭職？

如果沒中獎，恩典爲什麼要離婚？

如果沒中獎，恩典爲什麼飲酒狂歡？

一切的一切，阿娟都沒有辦法解釋，更想不透。

其實早在等待恩典回來的這段時間裡面，阿娟就有想過，會不會一切都只是自己一廂情願？

但是想了很久，阿娟都找不到第二個解釋可以合理化這一切。

如果恩典沒有中獎，那麼只有一個情況解釋得通，那就是他根本就瘋了，不然又怎麼可能做出那麼多違反他原本個性的事情呢？

但是就算眞的瘋了，也不可能在一夜之間轉變，明明一切在兩人吵架之前，都還是如此正常，不可能只因爲她跟他吵了一架、唸了他幾句就瘋了吧？

拜託，過去她曾經罵得更凶過，但第二天恩典還不是乖乖去上班？

然而面對躺在地上一動也不動的恩典，她更難解釋這一天到底發生了什麼事情。

畢竟，一旦彩券沒中，這一整天下來阿娟的推論，就完全變得不合邏輯了。

回歸到最原點，她壓根不知道爲什麼恩典會決定離婚、辭職、一整天不見人影去喝到半夜才回家。

那……不是她認識的恩典。

當然，阿娟也不認爲此刻的自己是她所認識的自己。

——一個會爲了搶奪上億彩券而不惜殺害老公的女人。

阿娟沉痛地仰頭閉眼。

如果，這是場惡夢的話，拜託，讓我醒來吧。

這是阿娟在這片絕望中，唯一的願望。

整個客廳頓時陷入一片沉靜，一切都靜止了下來，癱坐在沙發上的阿娟，躺在血泊中的恩典，以及那張被握在阿娟手中、該中卻沒有中的彩券。

6

叮咚。

電鈴劃破了沉靜的夜晚，讓阿娟抬起頭來。

看了看時間，已接近破曉時分了。

這種時刻，到底是什麼樣的白目會按別人家的門鈴呢？

阿娟愣愣地看著地上的恩典，然後又看了看大門。

電鈴聲又再度響起，但是阿娟卻沒有想要開門的意思。

自己的老公躺在地上的血泊之中，這樣的景象可不能讓其他人看到。

只是這一次在電鈴聲後，阿娟還聽到了拍門聲，以及一個男子的聲音。

「陳先生、陳太太，」男子拍著門說：「開門一下好嗎？我們是警察。」

聞言，阿娟瞪大了眼。

爲什麼……會有警察來敲門呢？

阿娟不解。

一定是對面那個臭婊子！媽的！

阿娟很快就想到了最有可能的答案。

對面的太太總是一臉八卦，老是喜歡打探人家隱私，肯定是那個婊子打電話報的警。

幹！干她屁事啊！

電鈴再次響起，警察又再次拍著門。

「你們再不開門的話，」警察的聲音傳入阿娟的耳裡：「我們只好破門而入囉。陳先生、陳太太？」

原本還因爲對面的太太報警而感到憤怒的阿娟，怒氣瞬間完全消散，取而代之的是滿滿的絕望感。

阿娟站起身來，轉頭望向窗戶。

就只剩下一條路可以走了。

阿娟走到了窗戶旁邊，打開窗戶，毫不猶豫地站上了窗台。

一爬上窗台，看到那高度，她雙腳就軟了。

可身後仍不斷傳來急促的拍門聲。

阿娟蹲在窗台上，卻遲遲無法下定決心跳下去。

在掙扎了一會之後，阿娟放棄了自殺的念頭。

算了……就這樣吧。

她又不是故意的，也算是失手殺人，大不了就是無期徒刑，阿娟不相信自己得要為此賠上一條命。

一想至此，阿娟轉過身來，決定去開門，乖乖落網，面對法律的制裁。

誰知道一轉身，就看到恩典站在面前，一臉怨恨地瞪著她。

阿娟嚇到張大了嘴，正要尖叫，怎料還沒發出聲音，就見恩典伸出手，阿娟只覺得自己身體一輕，整個人就從窗台向下掉落。

碰的一聲，阿娟整個人砸在水泥地上，全身就好像被打破的水球般，爆出了大量的鮮血。

而在阿娟的腳邊，站著一雙沒有穿鞋的腳，那是低著頭的恩典，看著她正嚥下自己人生中的最後一口氣。

看見恩典愣愣地看著她的模樣，阿娟迎向自己人生的最後一刻。

然而，就在人生結束的那一剎那，只有一個疑問，浮現在阿娟的腦海之

中——

爲什麼那張彩券沒有中獎？

第二篇

陳恩典

7

陳恩典停下了腳步。

這裡是他每天上班或出門都必須經過的巷口，而在巷口轉角處，開著一間他過去常常光顧的彩券行。

以前恩典幾乎每一期都會買個幾注，當累積到高額彩金的時候，他更會聯合一些朋友集資包牌。

但是這樣的習慣，在差不多半年前，被阿娟嚴正指責之後，便逐漸改掉了。

不過今天，看著牆上的看板寫著「本期頭獎9.6億」，讓恩典忍不住停下了腳步。

今天恩典並不需要一大早就進公司，而是要先去拜訪客戶，在那之前，他有一些時間可以消磨。

如果是過去的自己，在看到頭獎金額這麼高的情況下，他肯定會走進去彩券行裡，好好研究一下要怎麼包牌。

但是現在的他，雖然還是很想進去，卻又擔心會被等等要去上班的阿娟看到，因此只能在門口徘徊。

此刻彩券行已經開門了，那麼早開的原因當然是爲了服務那些比較晚下班來不及買的上班族，還有一些早起去運動回來順便買一張的附近居民。

可是對恩典來說，眼前卻彷彿有一扇難以越過的隱形門檻擋在門口，讓他不敢踏進去。

正當恩典打算放棄、準備離去的時候，一個聲音叫住了他……

在人的一生之中，不時都會浮現出一些對於現階段人生所產生的反思。

像是我的未來會不會永遠都像現在這樣？這份工作眞的是我所想要的嗎？現在的職位，有沒有發展性啊？我這輩子該不會就這樣定下來了吧？

一旦浮現出這樣的問題，多半都會讓人檢視自身的狀況。

而每個人面對這樣的問題時，反應也會不一樣。

有些人選擇面對、有些人選擇逃避、有些人選擇變化、有些人選擇認命。

不管最後決定是什麼，唯一可以確定的是，這些問題總會在人生之中的某個角落靜靜地等待著你去碰觸。

在買人生最後一張彩劵前的那一天，恩典正來到了人生的這個角落。

也因爲這樣，他一整天幾乎都無心工作。

他回顧這些年，既沒有半點滿意的結果，卻也不知道是不是眞的該失望。在公司擔任沒有未來的職位，領著一份不高不低的薪水，做著反覆又沒有辦法逃避的工作。問是否滿意，恩典可以毫不猶豫地點頭認同，但要問是否不足，恩典也沒有自信可以搖頭否認。

或許，自己値得更多，不貪心，就一點點。

今天，這樣的想法一直竄入恩典的腦海之中，尤其是在那個對比之下，這樣的感覺更加強烈。

懸著一顆心的他，就這樣帶著這些問題踏上了回家的路。

在回家的路上，恩典的目光又再度被那個寫著「本期頭獎9.6億」的看板吸引，這一次，沒有太多的猶豫，他踏入了那間現在被視爲禁地卻很熟悉的店內。

進門時，與彩劵行老闆對上眼的瞬間，恩典有點不好意思地避開了視線，好一陣子沒有上門光顧，讓他有種好像有點對不起老闆的感覺。

液晶螢幕正不斷轉變著不同彩券的上期開獎號碼與本期預測號碼。

已經有好一段時間沒有買任何彩券的恩典，不知道爲什麼會被這些號碼給吸引住目光。

一排又一排、沒有邏輯與關聯的數字，一個接著一個顯示在螢幕上，雖然這些數字本身沒有半點含意，但是每一組的號碼組合，卻都代表著一筆爲數不小的金額。

這也意味著在台灣的某個角落裡面，有人正因爲這些數字而改變了一生。

哪怕是幾十萬甚至只是幾百元的小獎，每個人的生命一定都會因爲這筆橫財或多或少有了一點變化。

至少，就恩典來說，如果過去有中過六位數字的彩金，只要中一次就好，或許今天他就不會被阿娟禁止買彩券；不，應該說如果看到他中獎，說不定連阿娟也會想買個幾張來試試手氣。

人生，絕對不應該連買張彩券的自由也沒有。

恩典感到不可思議，過去的他從來沒有過這樣的感覺。

或許，今天是個適合買彩券的日子。

一開始只是這麼覺得的恩典，突然轉念一想，發現這實在是個完美的決定。今天的他一直爲了某件事情而陷入兩難，就好像一個面臨分岔路口的迷路過客一樣，就在不知道該往左還是往右的此刻，他突然發現自己手上有個骰子。

大部分的人說不定會利用擲出來的點數是單數或雙數，而決定要向左還是向右，他也不例外。

於是，恩典決定買一張彩券，讓它來決定自己未來到底該怎麼走才好。

下定決心之後，不再猶豫的恩典掏出了一百元，走到櫃檯前，跟老闆買了一張電腦選號的威力彩。

只是，恩典做夢也沒想到，這一張彩券不但改變了自己的人生，也讓另外四個人的人生跟著一起狂亂了起來。

而他更加想不到的是，這張彩券最後不僅沒有帶著自己前往人生的另一趟旅程，反而成了一張前往地獄的門票。

一切，都遠遠超出了恩典的想像。

8

在恩典買完彩券、與阿娟兩人從彩券行門口一路吵回家之後，阿娟最後丟下一句要離婚的氣話，便衝進浴室裡面。

雖然爭吵劃下了短暫的句點，但是恩典坐在床邊，回想著剛剛的情景，對阿娟的不滿情緒越來越高漲。

說到底，那個在浴室裡面洗澡的女人，終究是個見錢眼開的女人。她對自己的諸多抱怨，用個簡單又易懂的翻譯機，翻譯出來就是錢錢錢錢錢錢錢錢……

說了一堆廢話，只是掩飾自己愛錢的事實。

如果真的讓我中了頭獎，妳爸爸我第一件事情，就是甩了妳這個女人。恩典轉過頭瞪著浴室的門，在心中這麼想著。

不，這樣不夠，還要先讓她盡情羞辱自己之後，再把得獎的事情說出來，接著再甩了她。

然而，幻想是美麗的，現實是殘酷的。

如果恩典眞的有那個勇氣，或許今天就不會是這樣的局面。

想到這裡，恩典也仰起頭來，看了一下時間。

現在正好接近開獎的時刻，恩典深呼吸幾口氣之後，坐到電視前面，打開電視之後，立刻把聲音關小，以免阿娟在浴室裡聽到，又在那邊該該叫。

將電視轉到開獎的頻道，時間剛好，鏡頭正帶到準備開出第一個號碼的機器上面。

恩典趕緊將口袋裡面的紅包袋掏出來，並且將裡面的彩券給拿了出來。

開獎非常順利，沒有多久時間，號碼便全部都開出來了。

最後電視上面，爲觀眾們重新整理了一下號碼，讓號碼從小排到大，一一陳列在畫面上，第一區六個號碼加上第二區的一個特別號。

恩典張大了嘴，難以置信地看著電視，然後又低頭看了看自己手上的彩券。

最後，恩典的嘴角，緩緩地勾起了一抹笑意。

不簡單……

竟然連一個號碼都沒中，自己手上的七個數字全部都沒有在電視畫面上。

曾經聽人家說過，一個號碼都不中的機率其實並不高，甚至比只中一個號碼的機率還要低。

就連恩典都不記得過去有哪一次買彩券的時候，是眞的連一個號碼都沒中的。

畢竟過去他不曾只買一注，在多注的情況之下，要連一個號碼都沒中，機率更是低。

當然，一個號碼都沒中代表什麼意思，恩典非常清楚。

當時在分岔路投下的骰子，現在有結果了，一個號碼都沒有中，不單連最小的獎都沒有，更重要的意義是什麼，恩典當然心裡有數，差別就只在於接不接受這個「老天爺的決定」了。

他走到垃圾桶旁邊，本來想要撕掉彩券之後，就上床睡覺。

不過，正當他將手搭在獎券上時，他改變了想法。

就好像當時買這張彩券的心情一樣，不管結果如何，這張彩券都將會徹底改變他的人生。

今天這張彩券帶來的結果，也等於宣告了過去的恩典已經死亡了，從明天開始，一個全新的恩典將會誕生。

他決定遵照並且接受這個結果。

既然如此，這張彩券也可以算是改變了他的人生，所以他決定好好將它保留起來，當作紀念。

將彩券收回紅包袋時，恩典想起了當時買這張彩券的心情。

如果中了，哪怕只有一個號碼，就繼續這樣活下去吧。

但是如果一個都沒中，就……

現在，恩典非常確定自己該怎麼做了。

原本還有一點猶豫、甚至想要跟阿娟商量一下的心情，瞬間都沒了，現在的恩典非常確定自己即將要走的路，於是他收好彩券之後，換上睡衣，在床上躺了下來。

恩典不想再面對阿娟以及那場沒有意義的爭吵，才剛躺下來，腦中就出現了今天早上在彩券行門口的景象。

當恩典好不容易決定離開彩券行門口的時候，一個聲音叫住了他。

「葛雷斯？」

聽到這個有點懷念的叫法，恩典回頭一看，是一張有點熟悉卻又有點陌生的臉孔。

「是你沒錯吧？」那男人笑著說：「你是那個葛雷斯……嗯……陳恩典吧？是我啊，阿彰，高中我們一起組隊打籃球，還記得嗎？」

這時恩典終於想起來了，沒錯，眼前的這個男人正是高中時常常跟自己打籃球的阿彰，吳國彰。

高中的時候因爲學到「grace」這個英文單字，其中的一個意思就是恩典，因此當時一些比較要好的朋友，就將恩典取了個發音相近的「葛雷斯」當綽號。

「哇，你是阿彰啊，好久不見啦。」恩典故作懷念地說。

有別於恩典有點冷淡的態度，阿彰很明顯爲這樣的重逢感到興奮不已。

「對啊！」阿彰誇張地叫著：「哇，眞的想不到，你看看你，這些年不見，你現在看起來就是一副社會成功人士的模樣。」

突然被阿彰稱讚，恩典也有些不好意思，腦海裡浮現的，是多年不曾回想過的高中生活。

那幾年，因爲聽爸媽說打籃球可以長高，所以恩典上了高中之後，便常常打籃球，而阿彰從小就特別喜歡運動，因此兩人當時常常組隊參加比賽。

然而打籃球可以長高的效果並不理想，本來就沒有特別喜歡籃球，只是爲了長高才打球的恩典，上了大學之後，自然而然就沒有繼續打了。

但是不管怎樣，恩典與阿彰的確是因爲籃球的關係，兩人在高中時期也算是不錯的朋友。

高中畢業之後，恩典考上了大學，至於向來不愛讀書的阿彰並沒有繼續升學，聽說跑去工廠當學徒了，兩人高中畢業後，就沒有再聯絡了，想不到今天竟然會這樣重逢。

「不行！」阿彰拍著恩典的肩膀說：「今天說什麼都要給我一點時間，讓我們好好聚聚，我要聽聽你這幾年過得如何。」

恩典雖然有點不太願意，但是實在很難拒絕那麼熱情的阿彰，於是原本拜訪客戶前的空檔，便成了兩人臨時敘舊的最佳時機。

兩人在附近找了一間咖啡廳。

不知道爲什麼，阿彰一直有種難以形容的熱情，一開始恩典還在猜想，會不會跟幾年前遇到的那個大學同學一樣，是從事保險業務的。

明明大學時期不怎麼熟識的同學，多年後在路上巧遇了，卻非常熱情地邀請恩典吃飯。

恩典雖然婉拒，但最後還是敵不過同學的熱情，結果在吃飯的過程之中，對方便一直要說服他買保險。

一向耳根子比較軟、做事比較沒有主見的恩典，也因此在飯局過後，被同學說服買下了兩份投資型的保單。

爲了這件事情，阿娟差點扒了他的皮。

因此在兩人坐下來開始閒話家常之前，恩典便暗自下定決心，如果阿彰眞的也是從事推銷員工作，這一次他說什麼都不會被牽著鼻子走了。

結果兩人聊了幾句之後，恩典發現情況跟他想像的完全不一樣。

原來高中畢業後，阿彰在工廠當了兩、三年的學徒就離開了，之後竟然跟人家去跑船。

可能眞的只是單純遇到老同學很開心吧，阿彰一打開話匣子就停不下來，把這幾年的海上生活全部都說給恩典聽。

恩典也聽得津津有味，畢竟對他來說，那是一個連做夢都無法想像的世界。

無盡的大海與藍天、在海上遇到的趣事與險境等等，阿彰都說得有聲有色，聽得恩典都感覺自己好像親身經歷過一樣。

「唉，」恩典有點失落地嘆了口氣說：「聽你講眞的很有趣，可是船員的生活應該很辛苦吧？」

「嗯……」阿彰皺著眉頭說：「其實也沒有那麼辛苦啦，只要你能夠熬過那些風浪、習慣海上的生活，其實就沒有什麼問題了。」

「那應該需要很多執照還是證照吧？」恩典問。

「那是跑貨運的那種才需要。」阿彰揮揮手說：「我們是一般小漁船，主要靠的是人脈。」

恩典點了點頭，接著突兀地問道：「那……待遇方面應該也不錯吧？」

阿彰揮揮手說：「薪水喔？也不是多値得說嘴啦，因爲我們要看漁獲量來決定，不過至少年薪百萬是跑不掉啦。像去年收穫還算不錯，所以我們每個人都拿超過一百五，我老闆很夠意思的。」

聽到阿彰這麼說，恩典的雙眼瞪得老大。

他是有猜想過阿彰的收入應該不錯，可是完全沒有想到竟然會那麼好，跑船居然也可以這麼賺。

他跟老婆兩個人的薪水加在一起，也才勉強到百萬。

「基本上啊，」阿彰接著說：「還是有保障的底薪，畢竟每次出海都要好長一段時間才有休假，等於是不管日夜都賣給老闆了，收入當然不會太差。」

「那……你現在應該有不少存款了吧？」

「嗯，」阿彰用力點了點頭說：「像我們這種討海人，最適合存錢了，畢竟海上你沒什麼可以消費的，收入高、幾乎零支出，每次回來就算再怎麼花也花不完啊，哈哈，這不就是存錢的重點嗎？」

阿彰的每一句話，都彷彿是根針，一次又一次戳入恩典的心坎。

想不到高中畢業之後，原本應該是人生失敗組的阿彰，此刻不管是工作還是生活，都遠遠超過自己。

「那你……現在應該結婚了吧？」恩典低著頭，不想讓阿彰看到自己悔恨的表情。

「唉呀，」阿彰搖搖頭說：「我啊，信不過女人。像我們這種跑船的，你應該多少聽過，沒聽過至少也可以想像吧，男人那麼長時間不在家，女人會變得怎麼樣還眞的不曉得呢！我有個同事就說，我們好像在坐水牢，被關在漁船上，與其等著女人給我們一頂綠帽子，不如就不要女人了！要喝牛奶不一定要養一頭牛吧？不如像我現在這樣，偶爾回來花點錢爽一下，等我存夠錢了再說吧。只要有錢，還怕沒女人要嗎？」

終於，阿彰有一個不讓恩典羨慕的地方，但這也不是恩典值得驕傲的地方。

但是，光是前面的幾點，已經讓恩典有種想要鑽到地洞裡面躲起來的羞愧感。

想不到，離開高中這麼多年後，人生可以讓原本如此接近的兩個人，變得如此遙遠。

「如何？」阿彰笑著拍拍恩典的肩膀說：「對我們這樣的海上生活有什麼看法？」

「嗯，」恩典愣愣地點了點頭說：「挺不錯的。」

言不由衷的話從恩典口中說了出來，但是他的內心卻有更直接的答案。

挺不錯的？幹！我羨慕死了！

「呵呵，」阿彰聳了聳肩說：「就像我剛剛說的，這行只要有人脈，忍受力強一點，誰都可以做。」

阿彰說到這裡，停頓了一會，凝視著恩典，正色問道：「有沒有興趣試試看？」

「啊？」

「我們老闆最近在說，」阿彰說：「想要多找一個漁工，如果你有興趣的話，我可以跟我老闆說不用再找了。」

聽到阿彰這麼說，恩典的內心震了一下，愣愣地看著阿彰，阿彰臉上沒有半點開玩笑的神情。

「你別開玩笑了，」恩典有些不確定地笑道：「我不行吧？」

「怎麼不行！」阿彰揮揮手說：「我不是說了，我們不需要什麼執照啦，你只要點頭，我就去跟老闆說，絕對可以的。工作五個月休息一個月，保證年薪破百，只要能吃點苦，什麼問題都沒有。」

恩典不置可否地僵著笑容，但卻覺得有點呼吸困難，心跳也跟著加速。

連他自己也覺得不可思議，就在這個瞬間，他居然會問自己這樣一個問題——真的……可以嗎？

「我不是開玩笑的，」阿彰再次認真地說：「我是真的要你好好考慮，一趟賺個五十萬，真的不是問題。」

當然，恩典不是見錢眼開的男人，但不可否認的是，這個提案的確非常讓他心動。

恩典當然也知道，跑船的生活應該不像阿彰說的那麼簡單，但是百萬年薪，怎麼聽都誘人。

或許……自己的人生真的應該有點不一樣了。

「時間差不多了，」看了看時間，差不多該去拜訪客戶了，因此恩典起身道：「我該去拜訪客戶了。」

「沒問題，」阿彰笑著說：「我送你一程吧。」

雖然恩典一直表示不需要，但是阿彰卻非常堅持，因此最後恩典只好跟著阿彰一起去停車場取車。

恩典一看到阿彰的車子，那種強烈的自卑感又浮現在心頭。

雖然不是什麼瘋狂車迷，對車子的型號也不甚了解，但是基本上恩典還是可以看得出車子的廠牌，以及那特殊的流線造型。

「這是你的車？」他的驚訝之情全都寫在臉上。

「沒有啦，」阿彰笑著說：「租的啦，我大部分時間都在海上，當然不會買台車子停在路邊等人偷啊。」

雖是這麼說，但是恩典也知道想要租這種高級跑車，可不是一點錢就可以租得到的。

「買是買得起啦，」阿彰搔著頭說：「不過眞的很沒意義，像這樣放假回來，租一台跑車來玩玩，要出海的時候再把車子還回去，然後下次回來還可以租別種車，不是很好嗎？」

講到車子，恩典就想到了幾年前，自己的那台老爺車報廢之後，曾經跟阿娟提過想買一台新車。

「拜託，不用花那個錢啦！現在大眾運輸工具那麼便利，眞的已經不需要自用車了啦。」

阿娟這樣幾句話，就推翻了他想要買台新車的念頭。

恩典坐入跑車之中，讓阿彰送自己到客戶那邊。

雖然自己不是什麼跑車迷，但是坐在其中感受那引擎的聲浪，彷彿就好像騰雲駕霧般，整個人都飄了起來。

臨走前，阿彰還跟恩典說：「眞的啦，你考慮一下，我給你兩天時間，如果你要去的話，就打電話給我。」接著又補充道：「我很期待你可以跟我一起出海喔，就像當年打籃球那樣。」

看阿彰這樣收入不菲，又能過著自由愜意的生活，恩典心中有說不出的羨慕。

一整天下來，恩典魂不守舍，他已經不記得到底是怎麼度過這一天的，只知道腦海裡一直不斷想著自己的人生到底在哪個地方出了錯？爲什麼會淪落到這步田地？

另外，有更多的時間他也在想著，自己是不是眞的可以跟阿彰一起出海捕魚。

阿彰的提議，不管是生活本身還是收入，都太誘惑人了。

但是，相對的，恩典也知道，如果眞的想要跟阿彰去跑船，恐怕要有玉石俱焚的心理準備。

不管是阿娟那邊，還是過去自己已經習慣的生活，都將不再一樣了。

等到恩典回過神來，才發現自己已經在回家的路上，並且駐足在自己與阿彰重逢的地點——彩券行門口。

恩典轉過頭去，看到的正是「本期頭獎9.6億」的看板。

他走了進去，選擇讓彩券來決定自己的未來。

如果這張彩券有任何一個號碼中了，他就留下來，繼續他那麻木不仁的生活。

但是如果所有號碼都沒中，那就表示命運在告訴自己，該徹底改變了。

抱持著這樣的想法，恩典走到櫃檯前，買了人生的最後一張彩券。

9

對過彩券的第二天，天才剛亮，恩典就醒來了。

或者應該說，昨天晚上他很難入睡，雖然在阿娟洗完澡出來前，他就已經躺在床上了，但是整晚陷入沉思的他，一直睡睡醒醒的。

而當恩典醒來之後，他已經爲自己的人生，做出了非常重大的決定——他決定跟阿彰一起去跑船。

阿彰的話在恩典的腦海中沉浮了一夜：「與其等著女人給我們一頂綠帽子，不如就不要女人了！要喝牛奶不一定要養一頭牛吧？」

既然決定要去跑船了，恩典自我衡量了一下，他非常清楚，這個躺在自己身邊的女人多半不會等著自己，她是個連在安穩生活之中都沒有支持過自己的女人。

這些年來，阿娟不知道已經提過多少次離婚了。

既然這樣，那就如她所願吧。

連恩典自己都沒有想到，原來自己的婚姻竟然會如此的不堪。

當他決定要分了，心中除了有點不捨之外，不知道爲什麼竟然有種奇妙的感覺。

一種……有點期待，甚至可以說是興奮的感覺。

在恩典下定決心的當下，第一個躍入腦海的念頭，就是他永遠不用再聽到阿娟的那些冷嘲熱諷，或者是突如其來的一陣臭罵了。

一想到這裡，他自然而然地產生出期待的心理。

其實這些年來，阿娟嫌棄恩典最主要的一個點，就是他賺的錢不夠多。

但是，難道就只因爲賺得少，就應該被這樣精神虐待嗎？

是啊，仔細想想他的薪水跟阿娟差不多，沒道理他要整天被嫌東嫌西的，況且現在不是講求男女平等嗎？賺同樣的錢，他要被嫌，憑什麼阿娟就嫌不得？

說到底，這個現實的女人，還不就只是爲了錢一直跟自己過不去？

說句難聽的，她自己也沒多會賺，不是嗎？

因此他立刻打開電腦，上網找到了一份離婚協議書的表格，存進隨身碟之後，出門找了間便利商店，將離婚協議書印出來。

在列印的途中，他打了通電話給阿彰，將自己的決定告訴他。電話那頭的阿彰，聽得出有點興奮，兩人約好晚上去慶祝一下。

恩典回到家中時，阿娟還在睡。

他將離婚協議書放在餐桌上，猶豫了一會之後，便在甲方的地方默默地簽上自己的姓名。

簽下去的那一剎那，恩典有種解脫的感覺。

他看了看時鐘，雖然距離上班還有一段時間，但是他打算早點到公司去，那裡也有需要好好處理的事情。

早早出門之後，恩典在公司裡等著，好不容易等到老闆來到公司，他隨即衝進老闆的辦公室裡，把這些年隱忍下來的怒氣，全部發洩在老闆身上。

「你眞他媽以爲自己是皇帝嗎？」恩典指著老闆罵道：「媽的！只會叫人加班，卻不想給加班費，台灣就是有你這種廢物老闆，只會靠員工幫你賺錢，那麼厲害怎麼不自己去賺？沒有我們幫你賣命，你還不是什麼都做不來？有錢開公司了不起啊？」

頓時間，老闆還真的被恩典罵傻了。

畢竟他在這間公司彷彿帝王般生活久了，從來不曾被員工這樣吼過。

不過當老闆的也只有在現狀不改變的條件下，才有自我感覺良好的本錢，事實上，一旦擺脫了上司與下屬的關係之後，老闆並沒有多了不起。

因此，當恩典罵完之後，老闆氣到青筋暴露，一直嚷嚷著要找人揍恩典，但是恩典卻早已經拍拍屁股走人了，只留下一臉錯愕的其他同事。

離開公司，這是恩典人生第一次在性愛以外的時刻，感受到「快感」。

將手機關機後，恩典在街頭閒晃，享受著已經很多年沒有感受到的自由。

到了晚上，恩典跟阿彰碰面，兩人一起享受了高雄的夜生活。

兩人從夜店到酒店，一家換過一家。

這是恩典第一次到酒店，看著眼前個個若隱若現的女性胴體，讓恩典的腦海裡面一片空白。

一旁的阿彰倒是個中好手，不但熟門熟路，似乎還是店裡面的常客，只見兩人一走進店裡，就不斷有人跟阿彰打招呼。

阿彰跟小姐們玩得很瘋，而恩典只能在旁瞪大雙眼，看著眼前這眞的可以用酒池肉林來形容的景象。

看著阿彰瘋狂將頭埋入小姐胸口的模樣，讓恩典不自禁地想著，或許是因爲長期在海上生活慣了，對他來說踩在硬實的地板上都是種幸福。

不過這跟過去阿彰給自己的印象非常不一樣。

其實連恩典自己都知道，說穿了，阿彰正隨著他自己的慾望，過著他夢寐以求的生活，並不是那種想要一時解脫的刺激感，而是眞正這樣的生活。

現在的阿彰才是眞正的阿彰，不像他被束縛著，一直勉強去成爲不是自己的自己。

行有餘力，瘋狂享樂。

看著阿彰這樣的生活，恩典已經不只是羨慕了，就算現在要他殺人來換取這樣的生活，說不定他也在所不惜。

悶太久了……

恩典突然感覺很對不起自己，娶了那樣的老婆，過著現在這樣的生活。

他不應該只有這樣的，不是嗎？

恩典問著自己，但是答案早就已經在腦海裡面了。

他甚至無法忍受再回到過去的生活，哪怕只有一天。

「明天吧！」已經有點醉意的恩典再三跟阿彰說：「我就跟你去公司，簽那個你說的約。」

「好啊！」阿彰拍著胸脯說：「那有什麼問題！今天我們不醉不歸！」

兩人一直喝到凌晨，爲了不誤正事，才沒有繼續續攤。

兩人約定好明天一起去公司簽約之後，便各自踏上回家的路。

恩典拖著搖搖晃晃的腳步，回到自己那間老舊的公寓。

站在家門口，喝茫的恩典掏了好一陣子，才掏出家裡的鑰匙。

伸出手，想要對準鑰匙孔的瞬間，恩典頓住了。

想到打開門之後，得要面對「過去的世界」，讓他軟弱的心情又浮現出來了。

他從來不曾這樣，哪怕是以前青少年叛逆時期，都不曾如此放縱過自己。

因此雖然早就已經下定決心要跟阿娟攤牌，但是在這開門的瞬間，恩典還是有點徬徨了。

事情眞的有必要走到這個地步嗎？

就算自己決定要去跑船，也不需要這麼過火不是嗎？

恩典大可以將這個決定告訴阿娟，最糟糕的情況是什麼？

頂多就是被罵一頓，然後呢？

眞的不行，大不了就離婚，不是嗎？

恩典發現自己打從一下定決心之後，就只打算走這條最糟糕的路，一時之間不禁感到有點不可思議。

但是恩典卻不意外。

早上在公司時的景象浮現在眼前，把永遠都以爲自己是神的老闆Ben罵得狗血淋頭的感覺，只有一個字可以形容——爽。

對於那個心情好的時候，就整天在講自己當年多厲害，心情不好的時候，一點小事情都可以把人罵得跟白痴智障一樣的老闆，不要說恩典，就連其他同事都已經忍受了好幾年，今天恩典罵到老闆目瞪口呆的情況，相信不少同事內心裡都暗自拍手叫好。

自己忍受了這麼多年，現在就好像日劇裡說的一樣，加倍奉還一次給他，真的是無可厚非。

同樣的情況套用在阿娟身上也是一樣。

這些年來，對於阿娟的種種，恩典有說不出的苦。

這女人自始至終都不曾站在自己身邊，而是在自己前面，彷彿拉著一頭笨牛般，一邊嫌他笨，一邊拉著他。

永遠不知足，不管什麼都想要更好。

哀莫大於心死。

就算阿彰沒有告訴自己那個道理，他也非常清楚，如果想要徹底改變自己的生活，一定要先搞定阿娟。

只要這女人在身邊，自己永遠都只能當一頭笨牛。

恩典只是單純想要活出自己、想要有個不一樣的人生，他想知道，人生還有什麼在等待著自己。

就只是如此而已。

但是只要阿娟在身邊，連他自己都知道不可能會有這樣的一天。

因此只有破釜沉舟，才有可能做得到，錯誤的人生就只有砍掉重練一途。沒有這樣的覺悟，那麼新人生的第一步，就永遠沒有辦法踏出去。

深呼吸一口氣，恩典的嘴角浮現出一抹微笑，他不再感到恐懼，將鑰匙插入鑰匙孔、打開大門的同時，恩典感覺自己彷彿開啓了一扇通往未來的大門。

只是恩典做夢也沒想到，他的人生，不過就放縱這麼一天，代價就是死刑。

第二天，報紙上刊登出一則這樣的社會新聞「夫妻爭吵　妻殺夫後跳樓」。當然報紙上沒有提到彩券的事情，更沒有提到出海的事情，只是一對夫妻爲了錢爆發了激烈的口角，鄰居們聽到吵架的聲音報了警，在警方到達現場之後，妻子畏罪跳樓自盡。

這便是這個社會所知道的，整起事件的「眞相」。

只是這樣的「眞相」，根本不足以道盡恩典那個永遠沒有辦法實現的水手夢，以及因爲一張連一個數字都沒有中的彩券，卻得被自己老婆殺害的恨意。

第三篇

吳國彰

10

水蛇老大的辦公室裡，氣氛異常凝重。

水蛇老大坐在辦公桌後面，幾乎連成一線的眉毛，眞的宛如水蛇一般扭曲在他那雙銳利眼睛的上方。

有很多不了解水蛇的人，常常會在初次見面的情況之下，誤以爲他的綽號之所以叫做水蛇都是因爲這條眉毛的緣故。

雖然水蛇老大這張臉，多少因爲那條宛如水蛇般的眉毛而帶點喜感，可是現在老大正在氣頭上，排成一排站在桌子前的手下們，可沒有任何人有半點笑意。

每個人都低著頭，不發一語。

「是誰啦？」水蛇老大拍著桌子說：「到底是誰說的啦？誰說這叫做保本金，至少可以保本？」

手下沒人敢吭聲，過了一會之後，才有人開口。

「是我，老大。」說話的正是吳國彰。

站在前排的阿彰，跟其他人一樣低著頭，不敢正視老大的雙眼。

「是，就是你。」水蛇老大指著阿彰說：「現在咧？我不但沒保到本，還得付醫藥費去縫那傢伙的菊花！幹！」

阿彰低著頭，不敢出聲。

「前一個，」水蛇老大歪著嘴說：「跟我說什麼暈船、烙賽所以不能弄。然後這一個給我臨陣退縮，還要我們硬塞，結果塞到爆開，還要林杯倒貼醫藥費！林娘卡好，你們現在是把我當盼仔就對了？啊？」

「沒有。」阿彰搖著頭說。

「幹！」水蛇老大啐道：「一堆沒路用的傢伙。」

水蛇老大正在氣頭上，又接連痛罵了眾人十分鐘左右，才指著阿彰說：「好，我就再給你一次機會！只是這一次，你自己去找人，如果找不到人……就你自己來吧！」

阿彰不敢辯駁，只能點點頭。

「出去啦！」水蛇老大揮了揮手，將大夥都趕出去。

阿彰跟著其他人退出辦公室，幾個跟阿彰比較好的兄弟，經過阿彰身邊，都拍拍阿彰的肩膀，表示安慰。

阿彰也點了點頭回應。

可是，阿彰的心裡卻是一陣陰霾。

他知道行情，如果要請比較「專業」的人士，至少需要花個二十萬元以上。

這可不是一筆小錢，更何況這只是要買個保險而已，不一定需要用到這個「專業」，以至於價碼不可能開到那麼高，在只能開出低價位的情況之下，實在很難找得到適合的人選。

不過這一次老大已經擺明了，如果再有什麼差錯，遭殃的恐怕是自己，因此就算要賠錢請專業的，阿彰都已經有覺悟了。

只是……現在的阿彰並沒有那個錢。

雖然水蛇老大不算小氣，分給阿彰的也不算少，但是這幾年花天酒地下來，幾乎一有錢就拿去花光的結果，就是身上根本沒什麼存款可言。

雖然說距離下一次出海還有一段時間，但是在這段時間裡面，要如何弄到一筆錢，並且找到適合的人選，都夠讓阿彰傷透腦筋了。

阿彰走出透天厝，在後面的院子點了一根菸，並且想著該怎麼去弄到那筆錢。

二十萬這數目說大不大、說小不小，如何在短時間裡面弄到這筆錢，是阿彰接下來優先該處理的問題。

抽完了一根菸，阿彰腦海裡面仍然一片空白。

當然，他可以去跟地下錢莊借，但是那可不容易還清，尤其是接下來自己就得跟老大出海幾個月，那段時間還眞他媽的是有錢也沒辦法還。

心煩意亂的阿彰，又點起了一根菸，才抽沒幾口，肩膀就被人拍了一下。

阿彰回過頭，是自己在組織裡面最好的麻吉，阿欽。

阿欽算是帶阿彰進入組織的人，當年在工廠跟阿彰一起當學徒，後來離開工廠加入了組織，在組織裡面混得不錯之後，才回頭找阿彰一起加入水蛇老大的組織行列。

「呼，」阿欽也拿出一根菸，跟著阿彰一起哈起菸來：「這次大仔眞的火大了！」

阿彰苦笑地點了點頭。

畢竟連續兩次都出狀況，老大當然會很不高興，不，應該是說，到目前爲止，阿彰的提案根本都沒有順利幫老大「保過本」。

這讓在組織裡情況本來就已經不是很好的阿彰，變得更加雪上加霜。

身為阿彰最好的兄弟，這些阿欽都知道。

「如果有什麼困難需要幫忙的，」阿欽用肩膀撞了阿彰一下說：「不要客氣嘿。」

「有啊，」阿彰苦笑地說：「缺錢啊。」

當然，阿彰非常了解，阿欽領的錢跟自己差不多，而且自己每次出去享樂也幾乎都是跟阿欽一起共享，再加上阿欽有個女友，花費跟他比起來只能說有多無少，如果現在自己拿不出這筆錢，阿欽當然也拿不出來，更悲慘的是，就算他們兩個一起湊錢也很難湊得到數，所以這句話也只是說來給阿欽打槍的。

但是阿欽卻沒有如阿彰所預期的，跟他說自己也沒錢，打阿彰的槍，反而點了點頭，然後用力吸了口菸之後，一邊吐出白色的煙霧，一邊看了看四周。

在確定四下無人之後，阿欽靠到阿彰身邊，神祕兮兮地問阿彰：「你知道那個小張嗎？」

阿彰見狀，也不自覺跟著低聲問：「你是說阿強帶來的那個小張嗎？」

「嗯，」阿欽用力點了點頭說：「對。」

阿強是兩人很早就認識的其中一個組織成員，跟兩人的交情也不錯，在組織裡面人緣很好，而兩人口中的小張，正是阿強最近新吸收的一名成員。

「聽說這一次，」阿欽低聲說道：「老大要帶他出海，所以他一直想要趁著這個機會，去教訓一下自己的前老闆。」

「喔？」

「小張以前是在一家玩具店做事，」阿欽笑著說：「聽說那個老闆非常刻薄，對他很差。不過這些都算了，後來店裡遭小偷，掉了一些錢跟貨，誰知道老闆竟然要小張賠。」

「蛤？」

「因為後來條子查到，小偷是從大門進去的。」阿欽說：「原本大門應該有兩道關卡，一道是門鎖，另外一道是保全，結果那天因為小張下班關門的時候，沒有打開保全，所以小偷進去才沒有觸動警鈴。老闆知道之後，就死咬著小張是共犯，才會故意不打開保全，等於間接放小偷進去。」

阿彰聽了之後，也不免搖頭道：「這太牽強了啦！那不如連鎖都不要鎖，讓小偷直接進去不是更快？」

「沒辦法啊，」阿欽說：「那老闆也夠機歪，還跟小張說，就是要讓他揹前科，讓他以後都找不到工作。最後小張跟老闆達成和解，大概賠了幾萬塊給老闆，老闆才答應撤告。」

阿彰聽了，皺著眉頭嘖了幾聲，也算是替小張感到委屈。

「那小張打算怎麼做？」

「那老闆不只對員工刻薄，」阿欽說：「聽說連同業都很瞧不起他的一些行爲，最後玩具業混不下去，就轉行去賣彩券了。」

「喔？」

「你知道最近樂透連續槓了幾期，」阿欽停頓了一下，看看四周之後，才在阿彰耳邊說：「累積了一些彩金，小張說彩券行的買氣一定很旺，所以他打算去『拜訪』一下那個老闆。」

當然，不用阿欽明說，阿彰也知道這樣的拜訪，多半不會兩手空空去、兩手空空回。

阿欽說完之後，將菸一彈，心照不宣地拍了拍阿彰，然後走進屋內。

雖然阿欽沒有辦法幫阿彰調錢，但是無庸置疑的，這個訊息眞的給了阿彰一條明路。

回到屋內之後，阿彰找到了小張，並且詢問了關於他老闆現在的店址，以及小張準備怎麼動手。

不問還好，一問之下才知道小張竟然只想靠一把改造小槍，就貿然行搶。更誇張的是，小張竟然連現場都沒有去看過。

果然還是菜鳥一個！在跟小張談過之後，這是阿彰對小張唯一的印象。

阿彰告訴小張，自己剛好也需要一筆錢，願意跟他一起去拜訪前東家，事成之後，他可能需要拿比較大筆的金額。

對於只想要拿回一點錢、主要還是想要給前東家一點教訓的小張來說，阿彰的提議符合他的需求，尤其是有個資深的前輩幫忙，這對小張來說，簡直是可遇不可求的好機會。

不過既然阿彰要插手，當然不可能呆呆傻傻地拿把小槍就去搶，至少也要觀察一下環境。

於是在問到彩券行的地址之後，阿彰便離開了辦公室，開著租來的跑車，準備去探查一下地形與狀況。

11

到了現場之後，對阿彰來說，唯一的好消息可能就是那個上面寫著「本期頭獎9.6億」的看板了。

至少事情眞如阿欽與小張所說的一樣，在這樣的頭彩加持之下，一定會有一定程度的買氣，這樣的買氣會讓彩券行進帳大筆現金，是個非常値得下手的目標。

但是除此之外，都讓阿彰感到絕望。

光是店鋪所在的地點，就夠讓阿彰無言了。

外行終究是外行，要挑這種彩券行，當然要挑巷弄裡面的，這間就在大馬路旁邊，在兩人行搶的過程之中，外面很可能是車水馬龍的人潮，就地點來說，實在是非常惡劣。

如果今天不是爲了報仇，刻意就是要來找這家的麻煩，阿彰可能立馬就回去跟小張說要換目標了。

這就好像是一個名貴又難解的鎖頭一樣，事實上，世界上沒有任何一種鎖頭可以百分之百防盜，畢竟鎖頭的設計本來就是要讓人打開的，如果沒辦法從外面開啓，就失去了鎖頭的意義。

因此，沒有百分之百打不開的鎖，唯一的差別就是在打開時間的長短，這對一個職業竊賊來說，是決定是否下手的關鍵。

如果在一個鎖頭浪費了太多時間，那麼失風被捕的機率也會跟著增加。

所以換上這樣的鎖頭，實質上來說，嚇阻的效果遠遠勝過於實際防盜的效果。

而將彩券行開在這樣的馬路旁，對想要行搶的歹徒來說，跟名貴高檔的鎖頭有異曲同工之妙。

並不是絕對打不開，也不是絕對不能搶，只是承擔的風險會比較高。

這正是爲什麼大部分的銀行幾乎都開在大馬路旁邊的原因之一，除了醒目、便民之外，在人潮的包圍之下，也比較有嚇阻歹徒的作用。

雖然已經有了打退堂鼓的念頭，但是對現在的阿彰來說，他的選擇還是跟小張一樣。

他急需一筆錢，一筆不大不小的錢。

因此阿彰沒有急著下定論，決定先觀察一下。

阿彰在附近打轉了一下，發現這一帶有非常多家彩券行，甚至有幾家似乎很有名，隨時都有很多客人在裡外打轉、閒聊。

相較之下，小張前老闆的彩券行卻是門可羅雀，生意奇差無比。

雖然這樣對阿彰來說，的確是比較方便行搶，但是相對的，他相信憑這家店的業績，很可能可以到手的金額非常有限，這點不免讓阿彰有點卻步了。

他對金錢是有絕對的需求，跟小張不一樣，如果幹了這筆沒辦法完全解決燃眉之急，那麼阿彰寧可選擇大一點的目標，一次搞定。

因此阿彰回去跟小張商量過後，決定先看這一期的買氣，如果買氣真的不佳，就賭這一期的頭彩不會被人贏走，然後等下一期再動手，這樣準備的時間也比較充裕。

在觀察了兩天之後，阿彰得到了令他非常失望的結果，除了看到一次老闆雙手架著拐杖出來趕走一個流浪漢之外，其他時間幾乎都沒什麼客人上門，買氣真的是冷到了極點。

一天下來，可能連十個客人都不到，不要說賺錢，如果店鋪不是老闆自有的財產，而是跟人租的，恐怕連租金都付不出來吧？

這讓阿彰不免想要放棄，但阿彰還是有始有終地在開獎當天早上來到彩券行對面站哨。

按理說，今天應該是買氣最旺的一天。

但是從店面拉開鐵門一直到接近上班時刻，都沒有半個客人上門，這讓阿彰打從心底想要放棄這條路了。

然而就在阿彰要離開的時候，阿彰看了那家彩券行門口最後一眼。

此時，一個男人正站在門前，看著那個寫著「本期頭獎9.6億」的看板，阿彰的雙眼立刻爲之一亮。

因爲那個男人異常眼熟，阿彰很快就認出他是以前的高中同學——陳恩典。

12

送恩典去客戶的公司之後，兩人就此告別。

對阿彰來說，遇到恩典就好像發現一個天上掉下來的禮物。

高中時期兩人算是好朋友，因此阿彰非常了解恩典。

先撇開他軟弱這一點不說，光是那人云亦云的個性，把他帶到海上，光是靠張嘴皮子，阿彰也有信心說服恩典乖乖把毒品塞到自己指定的任何部位。

因此見到恩典，阿彰比任何人都還要高興。

他立刻上前認親，並且搬出參與詐騙集團時候的那一套，裝得好像自己過得很好，經濟方面也很過得去，目的就是希望恩典可以答應跟他出海。

然而實際上阿彰也不算全然騙了恩典，只是壞的不提提好的，而且簡略了很多。

在阿彰離開工廠之後，就跟當時同樣是學徒的阿欽以及一些地方角頭的手下混在一起，最後也跟那些手下一樣，成為了組織的一份子。

當時那個地方角頭的本業，正是近幾來年來台灣非常猖獗的詐騙集團。

從小口才就比較出色的阿彰，也因爲比較容易騙人上鉤，因此特別得到了角頭老大水蛇的賞識。

一開始還經營得有聲有色，詐騙所得的金額也很龐大，整個組織也因此跟著越來越茁壯。

後來爲了躲避警方的查緝，水蛇老大甚至還靠著自己的人脈，跟對岸的一些黑道組織合作聯手，彷彿國際犯罪組織般，進行海峽兩岸的聯合詐騙。

然而在過了幾年風光的好日子之後，在警方強力掃蕩與民眾的警覺心日益高漲的情況之下，現在不管是成功率還是報酬，都已經大不如前。

因此水蛇老大又動起了歪腦筋，運用在詐騙集團時期所累積的大陸人脈，結合自己家族與過去所擁有的漁業背景，竟然打算幹起走私的買賣。

在所有走私的貨品之中，又以毒品的利潤最爲龐大。

因此整個組織就從詐騙集團搖身一變成爲以漁船當作掩護的運販毒集團，這樣的轉變對阿彰來說，一時之間也有點難以適應。

比起其他成員，阿彰比較不適合動武，雖然有著年輕時候打籃球養成的體格，但是阿彰總是缺少了那份狠勁。

從事詐騙的期間，阿彰因爲口才優秀而獲得的賞識，在轉型之後，優勢與地位便逐漸消失。

慢慢被邊緣化的阿彰，也逐漸失去了在組織裡呼風喚雨的那種春風得意。因此，阿彰一直希望可以藉由一些辦法，讓自己重新獲得重視。

海上走私生意的風險比起詐騙要來得高上許多，除了每次都得親自鋌而走險之外，更重要的是走私跟詐騙不同，它是需要本錢的。

比起只要耍耍嘴皮子就有機會騙到錢，走私所需要的本錢遠遠超過詐騙。走私之後，如何運貨與銷貨也有一定的風險，更糟糕的是，比起沒有競爭問題、宛如一片藍海市場的詐騙，販毒可以說是一片紅海，屬於兵家必爭之地，別人賣的便宜，你的就銷不出去，不像詐騙，今天別人騙了甲，明天你還是可以去騙甲，而且說不定他兩次都受騙，前後去詐騙的兩方都有賺頭。

比起詐騙，販毒這一途不論是衝突還是手段都比較激烈。

因此，當初比較不被重用的那些狠角色，現在搖身一變都成了水蛇老大的愛將，而像阿彰這些以前比較吃香的，多半都被冷落了。

這也算是比較現實的一面。

阿彰一直在找機會，希望可以贏回水蛇老大關愛的目光。

後來阿彰看到一則新聞報導，內容大概是有毒販用保險套將毒品裝成一包包像鑫鑫腸一樣，塞進肛門闖海關，結果過X光機門被照出下體有異狀，遭到攔查，最後還去醫院狂拉，把毒品通通排出來。

阿彰靈機一動，將他的構想告訴水蛇老大。

一般漁船並不需要通過海關，加上漁船的體積龐大，用漁船運毒通常都是比較大量的，因此大多是利用裝箱的茶葉罐跟麻布袋來掩人耳目。

然而也因爲毒貨量大，一旦遇到海巡稽查，比較保險的做法便是丟包到海裡，直接銷毀證據。

只是這樣的做法，往往也會讓水蛇老大血本無歸。

因此阿彰便提議，用一些原本是空運或在陸上運毒的人員，讓他們上船當漁工，一旦遇到查緝的時候，便讓他們做回老本行，將比較高價值的毒品藏入體中，多少保點本，不至於全虧，這樣一來，就算查緝人員上船，也不可能查得出毒品，畢竟在海上很難有儀器可以用來檢查體內是否藏毒。

這樣的主意立刻獲得水蛇老大的讚賞，也讓阿彰在組織裡的地位稍微回溫。

水蛇老大也眞的在出海之前，命手下去找人上船，當成人肉保險箱。

豈料好景不常，在接連幾次的運送之中，都遭到查緝，但是阿彰的人肉保險箱策略卻沒能發揮作用。

第一次的人員因爲暈船的關係，已經連續上吐下瀉數日，因此等到眞正需要派他上場的時候，別說塞毒品了，就連食物都吐出來了，只怕查緝人員上船時，他一吐一拉，就什麼都白費了。

第一次也因爲這樣徹底失敗了。

第二次換了個人，結果他卻臨陣退縮，說什麼也不願意塞，導致最後阿彰等人沒辦法，只好來硬的。

誰知道一個不小心，把人家的菊花弄爆了，血流如注的情況之下，也只能宣告放棄，最後還是由查緝人員協助幫忙送醫。

接連兩次的失敗，讓阿彰的地位再次一落千丈，水蛇老大把這兩次的失敗全都算在阿彰的頭上，讓阿彰反而騎虎難下。

這次水蛇老大下了最後通牒，阿彰說什麼都想要成功，而就在這個時候，好死不死讓阿彰與恩典再度重逢了。

他非常肯定恩典一定是上天派來拯救自己的救星，就像他的名字一樣。

因此在騙恩典上鉤的過程中，阿彰可以說是用盡了一切努力。

先是裝得好像過得很好，再掰幾個有趣的故事，把自己船上的生活說得多采多姿，真的把恩典唬得一愣一愣的。

最後，他再拋出自己的老闆想要加人的這個想法，此時他非常確定恩典已經上鉤了，接下來只要再多灌幾次迷湯，應該就很有機會搞定恩典了。

爲了確認恩典的情況，在聊天中得知那家彩券行是恩典上下班必經路線的阿彰，還特地守在附近，一方面也可以順便觀察彩券行，爲自己留一條後路。

天一黑，果然等到了恩典再次出現在彩券行門口，看他進出彩券行的模樣，阿彰不禁笑著搖搖頭。

看樣子自己是白操心了，恩典終究還是以前那個恩典，那老實的個性一點都沒變，他毫不修飾地表露出對剛買的彩券充滿了期望，加上早上聊天的諸多細節，在在都顯示出他有多麼渴望逍遙有錢的生活。

因此阿彰也更加確信，這件事情已經是十拿九穩，於是便帶著笑容放心地離開了。

當晚，抱持著這樣的信心，阿彰回到家中，才發現九點六億的彩金已經由一人獨得。

對阿彰來說，一切都非常順利，當期的頭獎由一人獨得，代表累積的獎金全部都沒了，在買氣不佳的情況之下，也暫時失去了搶劫那家彩券行的意義。

因此對小張那邊，阿彰有了最完美的說詞，不需要犯險去搶一家沒多少錢的彩券行。

第二天一大早，阿彰就接到了恩典的電話，聽到恩典的決定，阿彰的興奮可想而知。

一切都有了最好的結果。

他不但有人可以向水蛇老大交差，也不用鋌而走險跟那個菜鳥去搶那沒什麼價值的彩券行。

因此在恩典答應的那天晚上，阿彰可以說是不惜成本，自掏腰包請恩典好好去享受一下夜生活。

阿彰知道恩典已經辭去原本的工作，看樣子恩典也算是破釜沉舟，眞心想要跟他一起去海上討生活，這也讓他更放心了。

在狂歡了一晚之後，兩人約定隔天就到辦公室簽約，阿彰抱著自己已經安全下莊的心情，痛快地睡了一覺。

只是他做夢也沒想到，自己安穩熟睡的同時，恩典卻跟他老婆在家中大吵一架，並且爆發了一場永遠無法挽回的悲劇——恩典被老婆用菸灰缸給敲死，而老婆也在警方趕來的同時跳樓自盡了。

13

第二天，一切就跟阿彰的計畫一樣順利，阿彰一早就來到兩人約定的地方，恩典也早就在那裡等候著阿彰。

阿彰立刻載著恩典朝水蛇老大的辦公室而去。

如果不是阿彰被喜悅沖昏了頭，或許他會注意到此時的恩典有些奇怪。

先不說那蒼白的臉孔，光是不斷重複說著「我們什麼時候出海啊」，就已經非常詭異了。

然而阿彰一心想要靠恩典來完成水蛇老大的要求，完全沒有把這樣的異狀放在心上，只把它當成是恩典的過度期待，耐心地回應：「只要簽好約，時間一到就可以出海了。」

對阿彰來說，到了這階段已經沒有半點會出錯的可能性了。

現在只要等恩典簽完約之後，就算恩典後悔也來不及了，阿彰怎樣都可以逼他出海。

至於上了船之後，恩典更是無路可逃，只能對自己言聽計從。

他非常了解，恩典不是那種敢站出來抵抗的人，對於這一切，恩典恐怕也只能含著眼淚，逆來順受，任憑老大擺佈吧！

不過阿彰也不是完全沒血沒淚，年薪破百萬這點倒也不完全是騙他的，他了解水蛇老大的脾性，只要恩典好好幹，肛門有力點、腸子粗一點，水蛇老大肯定不會虧待他。

畢竟這年頭，像恩典這樣的人眞的不多了。

更重要的是，任何人只要看到恩典的模樣，都會認爲他就是個老實人，他有那種任何人都不太會去懷疑他的特質，可以說是實行阿彰保本計畫最合適的人選。

兩人來到了水蛇老大的辦公室。

阿彰好不容易自己弄到了一個人，本以爲這下子應該可以交代了。

怎料水蛇老大看了一眼恩典之後，就要恩典在外面等著。

接下來要出海的兄弟們，幾乎全都集合在辦公室裡面，水蛇老大到辦公桌後面坐了下來，將自己的決定告訴阿彰。

這一次，他要在出海之前，給恩典這個新人來一場職前測驗，簡單來說就是要面試，而且是一個前所未有的特別面試。

「大仔，」阿彰哭喪著臉說：「他是我的高中同學，我很了解他這個人，一定妥當的，相信我啦！」

老大的要求徹底打亂了阿彰的計畫，原本他打算在騙恩典出海之後，再把他的工作內容告訴他，到時候就算他不從，也無路可逃了。

「免講那麼多啦！」水蛇老大揮著手說：「我不會再讓你們把我當盼仔啦！」

水蛇老大打開辦公桌的抽屜，摸了一會之後，將一個東西丟到辦公桌上。

眾人定睛一看，臉色都起了微妙的變化，當然大夥也在第一時間就知道，所謂的職前測驗到底是什麼了。

桌上的那個東西，是一種女性專用的情趣用品，也就是俗稱電動按摩棒的塑膠製陽具。

所有人都不免露出笑意，只有阿彰一個人完全笑不出來。

只見那東西幾乎佔據了桌子的半邊，而且快要跟老大的手臂一樣粗，讓阿彰不免皺起眉頭。

「大仔，」阿彰哭喪著臉說：「這個size也太誇張了吧？」

「當然誇張，」水蛇老大一臉得意地說：「這是米國貨，我特別叫蛤仔幫我買來的，就是爲了要拿來給你試新人。」

聽到水蛇老大這麼說，阿彰抿著嘴，欲言又止了一會之後才說：「大仔，試是可以試啦，但是沒有正常一點的size嗎？」

看著桌上那超乎自己想像能力範圍的龐然大物，阿彰不免覺得對恩典來說有點太殘忍了。

「這……普羅（Pro）的來也受不了啦。」

阿彰苦著一張臉，一直向水蛇老大懇求，最後水蛇老大也覺得有點強人所難，所以站起身來對阿彰說：「好啦，你等等。」

水蛇老大轉身進去後面的房間，辦公室後面是水蛇老大的臥房，也是他跟許多情婦相好的地方。

過了一會之後，只見水蛇老大拿了另外一支size比較正常一點的粉紅色電動按摩棒出來。

「這裡有一個二手的，」水蛇老大似笑非笑地說：「先前一個七啦留下來的。」

其他人看了都憋笑憋得很痛苦，只有阿彰一個人仍然沒有半點笑意。最後阿彰拿著老大新給的電動按摩棒，與老大特別派來協助、另一方面也是監督自己的小張，一起走出辦公室。

原本還想說出海之後，可以好好跟恩典解釋一下，現在如意算盤被砸了，水蛇老大說什麼都要職前測驗，阿彰也沒辦法，只好請恩典跟自己到另外一個房間去。

面對這樣的情況，就連原本口齒伶俐的阿彰也不知道該如何解釋。

「新人啊，」一旁的小張態度囂張地說：「老闆說要新人訓練，你認命吧。」雖然覺得小張多嘴，但這也算是一個解釋，因此阿彰不再多說什麼，拍了拍恩典的肩膀之後，手用力一壓，將恩典壓在桌上。

出乎意料的是，恩典竟然毫不抵抗。

「別怪我，」阿彰對恩典說：「兄弟，我說的事情還是沒有變，大仔在道上很守信用，你只要好好熬過去，大仔不會虧待你的。」

被壓在桌上的恩典，完全沒有回應。

阿彰也不想再多說什麼，用眼神示意一旁的小張，要他脫掉恩典的褲子。

小張手腳俐落地拉下恩典的褲子，然後退到一旁，有點看戲般地看著眼前這有點匪夷所思的景象。

「對不起了，」阿彰再次對恩典說：「兄弟。」

說完之後阿彰舉起手來，正準備下手，這時阿彰的手機突然響了。

阿彰高舉的按摩棒，頓時停在空中，沒有插下去。

手機的鈴聲「暫時」拯救了恩典後庭花的貞操，阿彰放下按摩棒，示意一旁的小張接手壓好恩典之後，稍微往後退了一點，拿出手機按下通話鍵。

「你好，吳國彰先生嗎？」

電話那頭是個男子，而且不知道爲什麼，對方的語氣讓阿彰覺得不太對勁。

「你哪位？」阿彰故意不直接回答，以反問應變。

「我們這裡是ＸＸ分局。」

男子簡短的一句話，讓阿彰臉色一沉，連心跳都漏了一拍。

幹！條子？

阿彰看著被壓在桌上的恩典，眼神頓時間流露出殺意。

阿彰心想，如果這小子眞的敢報警，掛上電話之後，他立馬衝去老大房間，換那根米國製的 size，然後好好給恩典來一下。

他保證這一下絕對會讓他得靠外科醫生手術，才能夠把那東西從他屁股裡面拿出來。

不過阿彰終究不是第一天出來混的，即便內心激動非常，口氣仍然沒有半點起伏與異狀，鎮定地回答：「有什麼事情嗎？」

「請問你是吳國彰本人嗎？」對方又再確認了一次。

阿彰沉吟了一會，現在還不知道對方到底打算怎樣，於是他簡短地答道：「是。」

「是這樣子的，」在確定是吳國彰本人之後，對方繼續說：「我們警方接獲報案，來到陳恩典先生家中查看，發現陳恩典先生陳屍在家中，我們懷疑他是遭人殺害的，需要釐清一些疑點，透過通聯紀錄，我們查出你跟被害人在近期內有聯絡，可不可以請你到案說明一下？」

「你說什麼？」

即便阿彰再怎麼機靈，此時此刻也有些懵了。

恩典被人殺害？啊？

「被害者在生前曾跟你聯絡過，」對方說：「我們想要了解到底被害人跟你之間的對話內容，有沒有……」

「你不要一直在那邊說什麼被害者，」阿彰粗魯地打斷對方的話：「被害的到底是誰啊？你再說一次，恩典怎麼了？」

雖然對於突然接到認識的人的死訊，有些人真的會情緒失控、難以接受，尤其是像阿彰這種才剛跟死者接觸過的，衝擊往往只會更大，這樣的情況警方也已經見怪不怪了，但是阿彰的回應實在有點奇怪，警方停頓了一會之後，才繼續說明。

「陳恩典先生被我們發現陳屍在自宅，陳恩典先生已經死亡了。」

雖然對方仍是官方說法，但至少就表面上的意思來說，已經再清楚不過了。

阿彰看著眼前趴在桌上的恩典，臉上寫滿了不解與疑惑。

恩典已經死了，陳屍在家中？那現在趴在桌上的是鬼逆？

當然，也算是老江湖的阿彰並不會眞的笨到將心裡的話說出來，只對著話筒說：「我想你們應該是搞錯了吧！」

雖然不知道警方現在到底在玩什麼花樣，但是阿彰卻感覺到頭皮有點發麻。

「你們——」

阿彰正打算追問下去，但是話才剛說出口，突然被一旁所發出來的聲響給打斷。

「靠杯！幹！」小張突然大叫。

想不到小張會突然叫出聲，阿彰趕緊掛上電話，以免小張又隨便亂叫，甚至說出什麼不應該說的話，到時候反而驚動到警方。

如果警方又再打來詢問，他可以瞎掰電話掉了或收訊不好之類的理由，還可以蒙混過去。

阿彰轉過來，惡狠狠地瞪著小張，只見原本應該在桌子旁邊壓住恩典的小張，這時已經退到牆角，訝異至極地看著阿彰。

「你搞屁啊！」阿彰斥道：「電話是條子打來的，你出什麼聲啊！」

小張沒有回答，只是用手指著桌上的恩典。

阿彰順著小張所指的方向看過去，立刻瞪大了雙眼。

只見恩典仍然趴在桌上沒有動，可是桌子以及地板上，卻全是恩典的血，更怵目驚心的是，恩典的後腦很明顯有個凹陷的痕跡，估計血液就是從那個凹陷處冒出來的。

「你做了什麼？」阿彰臉色驟變，轉頭問小張：「這是你幹的？」

小張慌張地搖搖頭說：「沒有，他突然自己……爆開的！」

「啊？」阿彰張大了嘴，難以置信地看了恩典一眼，又看了小張一眼。

從恩典頭上凹陷的那個傷口判斷，應該是被類似槌子之類的重物敲擊導致，問題是房間裡除了他手中的電動按摩棒以外，沒有任何可以拿來敲恩典頭顱的東西。

況且他一直站在旁邊，如果小張真的敲了恩典的頭，自己就算分心在講電話，怎麼可能會連一點聲音也沒聽到？

「這也太恐怖了吧！自己爆頭是哪招？」小張的聲音充滿了恐懼。

這時桌上的恩典，突然抖了一下。

這一抖，連原本膽量比較大的阿彰，都忍不住向後躍，而已經彈到角落的小張，無路可退，腳步一軟差點整個人摔倒。

兩人四目盯著桌上的恩典，在恩典有任何動作之前，兩人先聽到了那陣會讓人跟著發疼的骨頭扭動聲。

喀啦喀啦的聲音，從恩典的身上傳來，過了一會之後，恩典的頭顱才跟著這陣聲音一起扭動了起來。

恩典的身體仍然趴在桌上，但是頭顱卻以非常不自然的角度轉向了兩人。滿臉是血、已經看不清楚面貌的恩典，咧開了嘴，朝兩人一笑。

這一笑，讓兩人的背脊瞬間發涼，立刻想要奪門而出，但是擠到門口，不管怎麼轉門把、拍門、踹門，房門就是打不開。

滿臉是血、面目全非的恩典，慢慢地來到兩人的身後。

可笑的是，當恩典向兩人出手的時候，一直覺得自己靠著三寸不爛之舌就能說服恩典做任何事情的阿彰，此刻卻連半句話都沒說出口就被解決掉了。

阿彰跟小張的尖叫聲，驚動了整棟透天厝裡的人，以水蛇老大爲首，所有人都聚集到了三人所在的房間前，可是房門從裡面上鎖，一時之間沒辦法進去。

不管怎麼敲門，房間裡面的三人都沒有半點回應，水蛇老大見事情不對勁，要手下破門。

幾個手下聯手，眾人終於得以破門而入，只見整個房內血跡斑斑、場面淩亂，還有阿彰與小張那慘不忍睹的屍體。

兩人死狀極爲悽慘，首先是小張，上半身支離破碎地撞穿了桌子，頭下腳上地卡在桌子中央，而一旁的阿彰則趴在地上，頭顱好像被人踩爛般凹了下去，而那根粉紅色的電動按摩棒就插在他的菊花裡。

不過最爲詭異的是，原本應該在裡面面試的男人不見了，在這個沒有窗戶又只能從裡面上鎖的房間裡……人間蒸發了。

最後爲了避免節外生枝、惹來不必要的麻煩，水蛇老大要手下把阿彰跟小張給埋了，當作這件事從來沒有發生過。

14

前幾天發生的殺夫案，雖然沒有引發太多社會關注，但是在案發幾天之後的報紙，仍舊刊登著殺夫案的最新進展。

標題寫著——疑似遭到詐騙 引發家庭紛爭

日前發生的殺夫案，警方從死者的通聯紀錄發現一些不尋常的跡象。在深入追查之後，警方發現死者在生前曾經跟一名擁有詐騙前科的男子密集通聯，懷疑死者應該是在死前遭到詐騙，才會導致家庭紛爭，進而引發這起不幸的悲劇。

警方表示，死者交友單純，私生活並不複雜，會成爲詐騙集團鎖定的目標，不排除是因爲死者與該名詐騙集團成員曾經是高中同學。

警方日前正積極偵辦，試圖釐清是否有其他人涉案。

第四篇

徐智充

15

有些生意，有很明顯的淡季與旺季。

就好像一些有時節限制的旅遊景點，例如以雪景聞名的地區或者是賞櫻步道等等，春冬之際可能是旺季，而炎炎夏日就是淡季。

也好比薑母鴨這些比較適合冬天的餐飲業，有些店家甚至只在冬天做生意。

對這樣的行業來說，如何緊縮度過淡季，並且在旺季的時候把握機會好好賺上一筆，便成了必學的課題。

就彩券行來說，也有所謂淡季與旺季。

只是它們的淡與旺，不是眞的依照季節來做分別，而是以累積彩金的多寡來決定。

只要累積的彩金一多，門口大排長龍甚至大手筆包牌的景象便屢見不鮮。

但是，這樣的景象卻從來沒有出現在徐智充所經營的彩券行過。

因此，他才會出現在這間辦公室的前面。

雖然開彩券行已經有一段時間了，但情況卻是每況愈下，除了競爭對手越來越多之外，徐智充認爲自己的彩券行一直沒能開出大獎，才是最主要的原因。

所以透過他人介紹，他來到這間聽說很靈驗的廟宇，想要請一尊財神回店裡，一方面招來財運，另外一方面也可以看看能不能幫助客人中獎，讓自己的店有大獎的加持，扭轉現在低迷的買氣。

然而財神不是說有就有，需要一點時間準備，還要算好時辰，加上這間廟宇的師父又很有名，因此上次拜訪完登記過後，足足一個禮拜後徐智充才接到師父來電，告知財神已經準備好了。

這一期的彩金已經累積到九點六億，預計會出現一波強力的買氣，所以接到師父的電話之後，徐智充立刻請人幫自己顧一下店面，快馬加鞭趕到師父的辦公室。

徐智充進到辦公室後，師父要他稍等一下，便進入後室，過了一會之後，師父才手捧一尊由黃布包裹著的神像走出來。

「這就是爲你準備好的黑財神，」師父告訴徐智充：「這尊神像我已經幫你開過光了，非常靈驗，你回去之後，把它擺在櫃檯上，然後讓買彩券的客人摸一下，保證會招來財運。」

請到了財神，徐智充興高采烈地謝過師父，便小心翼翼地捧著財神打道回

待徐智充離開後，一旁的弟子終於忍不住問道：「師父，如果我沒記錯的

話，那尊神像不是很邪門嗎？你是不是拿錯了？」

師父皺著眉頭，過了一會之後才說：「沒有。」

聞言，弟子立刻搖著頭說：「不，師父，你眞的搞錯了，那尊就是半年前人

家拜託我們讓他寄放的那尊啊！你忘記了嗎？我們收了人家一筆錢，要處理掉、

很邪門的那尊啊！」

師父抬起頭來，白了弟子一眼說：「我當然知道它邪門，就是因爲它邪門，

我才特地把它鎖在保險箱裡，等的就是這樣的機會，把它好好送走啊。」

聽到師父這麼說，弟子抿著嘴，沒有多說什麼。

關於那尊神像有多邪門，師父當然不可能不知道。

在那尊神像被鎖進師父的保險櫃之前，已經讓很多人家破人亡了，最後如果

不是見錢眼開，師父也不會把它收下來、鎖起來。

然而收是收下來了，可是就連這個遠近馳名的師父也不知道該怎麼處理，畢竟這個師父並不是眞的人如其名、擁有過人的法力，在無計可施的情況之下，只好繼續將神像鎖在保險櫃裡面。

神像不像一般的家具，如果隨便丟棄，不要說對撿到的人不好，就連丟棄的人也會出事。

因此在這段時間裡，師父一直想要找個機會處理掉這個邪神，只是弟子沒有想到的是，師父的處理方式竟是如此。

「唉，」師父搖搖頭說：「因爲那傢伙不是什麼好人，那邪門的東西給他只是剛好而已。」

「喔？」

「你也看到那傢伙的狀況了吧？」師父用手比了比腳，暗指徐智充不良於行。

弟子點了點頭。

「他去申請得到經營彩券行的資格，」師父接著說：「然後就想要找人出租牌照，結果收了大筆租金之後，人家連店鋪、裝潢都弄好了，那傢伙竟然突然說他改變心意，不想出租，想要自己營業，結果那個去租的人，不但店開不成，欠了一屁股債不說，那傢伙甚至看準了因爲租牌不合法，對方也不敢把事情鬧大，所以就連當時預付的租金都扣了一部分不還，你自己說，這樣無良的傢伙是不是很適合那個邪門的東西？」

師父一向是以算命、改命聞名，因此此刻說起徐智充的情況，就彷彿已經幫他好好算過一番般鐵口直斷，讓弟子不禁張大了嘴、瞪大了眼，一臉不可思議的模樣。

「靠！」弟子啐道：「師父你這樣藏私眞的不好啦！你跟我說什麼摸人家手上的繭，看長在什麼地方就可以大概推斷出對方的職業，不然就是看人家的氣色，如果黑眼圈很重、眼袋很腫，就說人家常常加班或熬夜，你根本在唬爛我嘛！有眞功夫要教一下啦，你明明可以算到那麼精準的過去，幹嘛這樣呼攏我？」

原來弟子認爲師父會知道那麼多，是算命算出來的，這讓師父一時之間還眞是哭笑不得。

「師父！」弟子哭喪著臉說：「你光是算命就可以算到那麼多，拜託也教我一下啦！」

「靠夭！」師父不得已只能揮著手說：「算你個頭啦！那個跟他租牌照的人就是我表弟啦！」

一聽，弟子的臉馬上垮了下來，原本佩服的神情頓時消失得無影無蹤。

當然，師徒之間的對話，徐智充一點也不知道。

他渾然不知自己捧著的根本不是什麼黑財神，而是一個非常邪門的東西，徐智充興高采烈地回到店裡，並且小心翼翼將神尊擺在櫃檯上，準備迎接開獎前夕趕著來買彩券的客人上門。

16

一開始，「黑財神」並沒有讓徐智充失望，招來的第一個客人，竟然是已經很久沒有上門的老顧客，雖然他沒有像過去一樣，趁著累積了九點六億彩金的時機包點小牌，但總算是個好兆頭，這讓徐智充非常開心，認爲一切都會好轉。

徐智充照著師父的交代，要那位老顧客摸一下黑財神，只是接下來的事情，卻讓徐智充傻眼。

只見那個客人才剛走出店外，竟然就在店門口跟老婆吵了起來。

在兩人的爭吵過程中，徐智充才發現原來這個老客戶之所以長時間沒有來消費，就是他老婆造成的。

這讓徐智充打從第一眼就對那個老婆非常不爽。

那個老顧客本來就是一臉憨厚老實，只能單方面低著頭被那女人一直臭罵，這讓徐智充忍不住也在心中暗自嘲笑那男人沒骨氣。

想不到，後來那個老顧客可能因爲被人這樣在大街上臭罵，面子掛不住，因此突然大聲反嗆回去。

這讓徐智充在內心裡面，暗自爲那男人拍手叫好。

只是那女人當然不肯善罷干休，兩人就這樣當街吵了起來。

就在徐智充打算出面趕人的時候，所幸兩人吵歸吵，最後還是離開了店門口，可能一路吵回家了吧？

但是一切卻從那兩夫妻開始爭吵之後變得不順利，或許是買氣眞的被兩人這一吵給吵走了，以至於一直到開獎，甚至到了打烊，都沒有半個客人上門。

這讓徐智充幹譙了那個老婆一整個晚上，幾年前老婆就跑了的徐智充，回到獨居的家中之後，更將自己這輩子所知道的所有惡毒的詛咒，全都加諸於那個在店門口吵架、帶賽自己的女人身上。

原本徐智充還期待頭獎損龜，這樣彩金繼續累積，還能夠再繼續賺下去，多少彌補那女人給自己帶賽的損失，只不過當晚這個想法立刻破滅，九點六億的彩金由一人獨得。

失去了大獎加持的第二天，彩券行一如所料，冷冷清清。

一整個早上沒有半個客人上門，當然，徐智充也不忘在心中臭罵那個女人一遍又一遍。

想不到下午的時候，突然有個人來到彩券行，原本以爲今天終於要開張了的徐智充，一轉向門口，立刻認出對方。

那個人不是別人，正是這兩天他在心中幹譙過不知道幾百次的女人。

不過既然開門做生意，徐智充也不想眞的跟人發生爭執，至少不是在這種沒有半點利益的情況之下。

如果讓徐智充知道這女人有車，而且就停在附近的話，說不定他眞的會趁夜深人靜的時候，去刮花她的車子來洩恨。

但是在她登門的此刻，徐智充並不會隨便發飆，因爲這只會讓他看起來更理虧。

因此恨意難消的徐智充只能假裝忙碌，希望這女人快點滾出去。

然而事與願違，女人先是看了一下四周之後，竟然沒有離開，反而來到了櫃檯邊，對徐智充說道：「我老公昨天在你這邊買了彩券，我們因爲這樣有點摩擦，所以在店門口起了爭執，給你帶來困擾，眞是不好意思。」

徐智充聽了，內心立刻回了一句：妳知道就好，媽的！

雖然心中這麼想，但是徐智充當然沒說出口，只是點了點頭。

女人站在櫃檯前，有點笨拙地看了一下擺在旁邊的刮刮樂，裝作一副好像想要消費的模樣，然後突然轉過頭來，盡可能裝作是閒聊般的口吻說道：「我、我聽附近的鄰居說，你這裡昨天開出了大獎啊？」

聽到女人這麼問，徐智充有點愣住了。

當然他不可能知道女人爲什麼這麼問，但是有想到一些可能性，譬如她老公有中個幾百塊的小獎，卻故意騙她沒中，但騙得笨拙，她不相信所以才過來探聽，又或者是她老公沒中，騙她有中又不讓她知道多少，所以她才想來問問看是不是大獎。

總之雖然這女人自以爲裝得完美，但實際上這種讓人覺得莫名其妙、且又與實際情況相差太多的問法，反而讓人一聽就覺得是在套話，因此不管是哪一種可能性，都讓徐智充感到不舒服。

更重要的是，這女人問到了徐智充這間店鋪的痛處——沒開過大獎。

因此，徐智充說什麼都不願意讓這女人稱心如意，他決定唬爛她。

徐智充裝作很豪邁的模樣笑著說：「對啊！我店裡開出頭獎啊！昨天開獎後我就放鞭炮了，只是這期頭獎累積了不少彩金，所以買氣比以往熱很多，我都不記得是誰買的了。」

爲了報復這女人，徐智充選擇說謊，並且希望這女人會想到，自己就是老是阻止老公來買，才會錯失成爲億萬富翁的機會。

只是徐智充沒想到，這樣的話，效果竟然出奇的好。

只見對方聽了之後，臉色一沉，愣了一會之後突然很敷衍地說：「那還眞是恭喜你了。」

女人丟下這句話之後，竟然轉身就走了，留下一臉錯愕的徐智充。

「幹！」徐智充臭罵了一聲之後，在心中發誓，如果不是自己行動不便，他一定會衝出去給那賤女人一巴掌。

那一天，阿娟是徐智充店裡唯一一個上門的客人，而且還是一個沒有消費的客人。

那一晚，徐智充繼續用最惡毒的詛咒施加在這女人身上，只是徐智充做夢也沒有想到，自己的詛咒眞有靈驗的一天。

因爲就在他詛咒過後，那女人失手殺死了自己的老公，並且在警方趕來的時候，墜樓身亡。

17

在騙了那女人之後的第二天，徐智充仍然準時八點開門。

即使早上的生意非常冷清，徐智充還是堅持早點開店，畢竟店開在這裡，不開門就絕對沒有收入，哪怕只有一個客人，不賺至少也少虧一點。

基於這樣的心態，即便是平常日，徐智充也是照時間開門。

在錯過了上一次的高峰熱潮之後，天曉得又要等多久才會再有那樣的好時機。

一想到這裡，徐智充又在心中咒罵著那個白目女人。

徐智充打開鐵門的鎖，按下自動開門之後，鐵門緩緩地向上拉起。

這時徐智充注意到，在旁邊這條巷子的尾端，似乎有些人潮聚集在那裡。

定睛一看，幾乎所有人都將頭轉向同一個方向，有些人經過那邊，也跟著停下了腳步。

是發生什麼事情了嗎？

徐智充感到好奇，將捲到一半的鐵門又放了下來。

他決定去看一看情況。

到底是什麼事情，讓大家一大清早全都聚集在那邊？

當徐智充拄著兩根拐，一拐一拐地朝巷尾去的時候，這個問題浮現在他的心頭。

徐智充因爲行動不便，要走到巷尾自然得花比較長的時間，但是即便已經過了好一陣子，人潮卻沒有退去的跡象，反而越來越多。

就在他納悶的同時，一輛救護車跟一輛警車開著警笛，從徐智充身邊經過，朝著巷尾駛去。

當徐智充靠過去時，現場已經被許多家庭主婦給圍了起來。

徐智充沒有辦法看到現場，只能跟其他人一樣，盡可能拉長脖子看，但是不管他怎麼探頭，都只能看到警察忙進忙出的身影，與被拉起來的封鎖線。

「到底發生什麼事情了？」徐智充完全看不到，索性問起附近幾個很喜歡八卦的婦人。

「聽說有人跳樓自殺。」其中一個婦人說。

「啊？」

「不是吧？」另外一個婦人說：「我聽說是發生凶殺案了。」

「真的嗎？」其中一個婦人驚呼了一聲說：「殺人嗎？在我們這個社區？不會吧？」

眾人七嘴八舌地討論，可是卻沒有人有正確答案。

這時，一個婦人突然從前面的人群之中擠了出來，朝幾人這邊而來。

徐智充知道那位婦人也是這群婆婆媽媽的其中一員，她總是會在倒垃圾的時間，站在指定的地點指揮東、指揮西的。

「我知道了。」那婦人才剛靠過來，立刻將自己剛剛出生入死才得到的情報分享給其他人知道：「跳樓死掉的那個人是阿娟，就住在那棟公寓裡面，然後她老公好像是被她殺了，在警察趕到的時候，她才會畏罪跳樓。」

其他人聽了頓時又議論紛紛，讓徐智充覺得有點心煩，想要回去開店了，畢竟他又不認識那個叫阿娟的女人。

豈料才剛打算離開，其中一個婦人突然轉向徐智充，對著他說：「你應該記得阿娟吧？」徐智充正打算搖頭否認，那婦人又接著說：「就是前天在你店門口罵老公的那個女人啊！」

聞言，徐智充有點嚇到了。

他開始擔心是不是自己昨天的謊言，才導致她有什麼誤會或想不開，他更害怕警方會因爲這樣而找上門。

不過這件事並沒有困擾徐智充太久，他轉念一想，就算警方眞的知道昨天自己騙了那女人又如何，難不成要告他謀殺嗎？老子就不能說謊嗎？又不是騙了她的錢，害她活不下去。

這麼想過之後，徐智充就完全不把這件事情放在心上了，這幾天低迷的生意，比起這女人的死，更讓他煩心。

這天，徐智充的彩券行都沒有任何客人。

也就是說，自從那對夫妻在門口吵架之後一直到今天晚上爲止，已經整整兩天都沒有任何客人上門過。

即便買氣再怎麼低迷，徐智充從來不曾見過這種情況。

這眞的太邪門了。

徐智充不免將眼光移到了櫃檯上、師父說非常靈驗的黑財神身上。

這時，他赫然發現了一個事實。

這尊財神是在開獎的那天晚上，才特別帶回來擺在櫃檯上的，可是擺上去之後，就只有服務過那個聽說已經被殺死的老主顧而已。

這算哪門子的財神啊？

一想到這裡，連徐智充都有點懷疑，這到底是哪裡來的邪門神像，怎麼不但沒有招來財富，反而幾乎沒有生意上門，而且唯一的客人甚至還死了呢？

徐智充沒有花時間多想，立刻打開電腦，連上網路，然後在搜尋網頁打上關鍵字「黑財神」。

按下搜尋之後，徐智充看著畫面上滿滿都是黑財神的圖片，不自覺皺起了眉頭。

不管哪張圖片，看起來都跟自己櫃檯上擺著的神像有著天壤之別。

這到底是怎麼回事啊？

有了這樣的想法之後，徐智充凝視著那尊神像，內心湧出一股不安與恐懼。

如果這不是黑財神，那麼這是什麼？

雖然有了這樣的疑問，但是徐智充一點也不想要查明這是什麼邪惡的東西，他只感覺到一股怒火，只要它不是黑財神，不管它是什麼，都值得他衝去找那個神棍，好好吵上一架。

怒火中燒的徐智充立刻把黑財神包起來，然後隨便收拾一下之後，準備提早打烊去找那個神棍算帳。

徐智充抱起那尊神像，走向門口，正準備關上鐵門時，突然兩個人從大門闖了進來，將他撞倒在地。

本來就行動不便的他，加上手上又抱著一尊神像，這一摔可不輕，他忍不住大聲幹譙道：「幹！」

接著徐智充定睛一看，只見兩名男子低著頭，不發一語地站在門前，他看不清楚兩人的長相，但是兩人撞倒了自己卻沒有半點表示，甚至沒有想要過來扶他的跡象，讓原本就已經火冒三丈的徐智充更加惱火。

徐智充用拐杖撐起身體，費了好大的工夫才重新站起來。

才剛站起來，徐智充的嘴巴已經開始劈里啪啦地臭罵道：「哪來的白目啊！撞到人也不會道歉嗎？你娘咧卡好！欠揍嗎？」

罵到這裡，徐智充終於看清楚兩個人的長相。

其中一個徐智充完全沒有見過，但是另外一個的長相他卻非常熟悉，那個人正是自己在經營玩具店的時候，曾經聘用過的員工——小張。

「小張？」徐智充瞪大了眼說：「你瘋了嗎？嫌我告你還告得不夠嗎？你媽的！你不要走！我立刻報警，告你重傷害！幹！」

來的兩個人，正是小張跟阿彰。

徐智充一連罵了好幾句之後，見兩人都沒有半點反應，他更是火大。

徐智充叫道：「你們到底要幹嘛？」

聽到徐智充這麼說，兩人這才緩緩地抬起頭來。

「別動。」徐智充不認識的阿彰說。

「這是搶劫。」小張接著說道。

「啊？」徐智充張大了嘴。

兩人說話的語調沒有半點起伏，甚至給人一種死氣沉沉的感覺，如果說是玩笑，這絕對是史上最失敗的玩笑，但如果是認眞的，那也會是史上最爛的一樁搶案。

這幾天的銷售可以說是徐智充開店有史以來最糟糕的幾天，收銀機裡只有準備要找給客人的零錢，甚至連一張大鈔都沒有，挑這樣的日子來搶劫的歹徒，肯定是白痴。

「你是白痴嗎？」徐智充舉起右手的拐杖指著小張說：「你以爲找個人陪你來，我就會怕你了嗎？我告訴你，這一次你休想跟我和解，老子一定告到你破產，連人都沒得當！幹！」

徐智充狠勁十足，但是兩人卻沒有退縮的意思。

「別過來啊！」徐智充將右手的拐杖舉得更高，作勢要打人，並且慢慢退到櫃檯邊。

阿彰跟小張沒有任何動作，就好像眞的被徐智充的拐杖給定住了一樣。

暫時安全退到櫃檯旁邊的徐智充，爲了避免夜長夢多，立刻使出自己覺得最實用的大絕招。

「搶劫啊！」徐智充拉長脖了大聲叫道：「救命啊！搶劫啊！」

徐智充料想就算兩人不會被這樣的叫聲給嚇退，至少可以驚動到外面的路人。

因此，徐智充一連大叫了好幾聲，試圖吸引外面的人注意。

此刻雖然已經過了下班時間，行人還是絡繹不絕，幾乎每一秒鐘都會有路人經過。

然而，路上的行人，卻沒有半個人朝裡面看。

這也太詭異了吧？

照理說自己這樣呼喊，不要說路上的行人，就連對街的人都應該聽到了。

可是路上的行人卻沒有一個人停下來或轉頭看向店裡面，甚至沒有任何人的臉上浮現出任何異狀。

儘管徐智充已經用盡了吃奶的力量大喊搶劫了，但是他卻沒有辦法得到任何的援兵。

這到底是怎麼回事？

徐智充的腦海頓時一片空白。

失去了最有力的後盾，雖然讓他感到恐懼，但他也不是什麼好惹的角色。

眼看阿彰一步步朝自己靠近，徐智充也不再猶豫，將右手上高舉的拐杖，惡狠狠地朝著阿彰的頭打下去。

這一下並不突然，徐智充的動作也不算快，但是阿彰卻沒有閃避的意思。

咚的一聲，拐杖不偏不倚地打在阿彰的頭上，而且竟然打凹了他的頭顱。

雖然說這一下也算是用盡了徐智充的力量，可是不過這麼一下，就把人的頭顱打到凹陷，這也太誇張了吧？

明明下重手的是徐智充，但是被這場景嚇破膽的也是他。

只見頭顱凹陷的阿彰，仍然伸出手抓住自己，更是讓徐智充的雙腿都軟了。

阿彰抓住了徐智充的雙手，並且輕鬆地將他給舉了起來。

雙腳不良於行的徐智充此刻完全無法掙扎，只能任憑阿彰處置。

阿彰將徐智充轉向小張這邊，這時徐智充看到小張明明沒有被他的拐杖打到，卻也血流滿面。

小張的拳頭朝徐智充的臉猛力一揮。

當小張將整個拳頭塞入徐智充嘴中、鑽入喉嚨時，徐智充這才知道，自己刻薄了大半輩子，這一次終於要付出他負擔不起的代價了。

徐智充最後被人發現陳屍在店裡，雖然死狀悽慘，看起來就像是被人殺害一樣，但是調閱了附近的監視器，也詢問了附近的店家，卻都沒有任何人看到異狀。

當然，在缺乏任何直接或間接證據的情況之下，沒有人會將徐智充的死，與陳恩典夫妻的死多作聯想。

不管是陳恩典還是徐智充，做夢也沒有想到，當時的那張彩券，竟然會引發這一連串的風暴。

一張彩券，五條人命。

而且還是一張沒有中獎的彩券。

不管是誰，都不可能預測到這樣的情況。

然而，這只不過是一張彩券所能帶來眾多故事的其中一個，其他的只是不為人知而已。

●●●●●● ●

幾天後，一個晴空萬里、豔陽高照的好日子——

一名男子在接待人員的帶領下，感覺有些卻步、左顧右盼地走進了ＶＩＰ室。

「請您先稍坐一下，」負責接待的林小姐帶著笑容，朝沙發比了個請的手勢說：「董事長跟副總經理很快就會過來了，請問您要喝熱茶或咖啡嗎？」

「啊、喔……那茶好了。」男子緊張地回應。

「好的。」林小姐笑著點了點頭說。

雖然很明顯可以感覺出男子緊繃的情緒，但他的臉上卻始終掛著非常非常燦爛的笑容。

男子怎麼樣就是無法控制自己的嘴角不往上揚，就好像他打從娘胎出來就長著一副無法收起的笑臉一樣，要說他是彌勒佛轉世也不為過。

而這樣的笑彷彿會傳染似的，接待的林小姐也因此跟著心情愉悅了起來，一路上都是誠摯地笑著待客。

不過男子會有這樣的笑容，不是沒有原因的。

基本上，有機會來到這間ＶＩＰ室的人，沒有一個不是跟男子一樣，笑得闔不攏嘴。

這裡是只有中了五百萬以上大獎的幸運兒，才會被邀請來的ＶＩＰ室。

而此刻在這裡的男子，更是中了高達九點六億、且一人獨得的大獎，跟過去來領獎的人比起來，那咧到嘴角都快要裂開的笑容，更是有過之而無不及。

沒有經過任何打拚，卻在一夕之間成爲億萬富翁，那種深怕一切都只是一場夢、誠惶誠恐的緊張情緒，即便無緣親身體會，也是可以想像的。

男子現在的心情正是如此，既興奮又怕受傷害，因此才會出現那種笑容滿面卻掩不住緊張情緒的矛盾表徵。

看著這間裝潢簡單卻相當典雅的ＶＩＰ室，男子腦中想的盡是自己下一步應該怎麼做才好。

在知道自己獨得高額頭獎的當下，男子腦中一片空白，回過神之後，原本想要好好規劃一下該如何運用這筆龐大的彩金，卻赫然發現他眞的不知道該怎麼做才好，畢竟他從來沒有想過自己生命中會有如此多的財富可以管理。

在想了幾天都沒能有個好的規劃之後，男子決定跟台彩聯絡，把錢先領回來再說，實際到手了，說不定會比較有感覺。

就這樣，男子與台彩約定好時間地點，來到了這裡。

然而就算都已經走到了這一步，男子只要一想到自己將會擁有億萬財產，除了滿滿的笑容之外，腦海裡多半還是只有一片空白。

他雖然不是個好賭之徒，大部分都是偶爾想到才會買個幾百塊彩券，但也不乏有幾次看到累積了高額獎金，跟親朋好友一起集資包牌的經驗。

這一次同事也問過他要不要一起集資，男子原本打算點頭答應，但是後來想想，因爲人數不多，每次要包牌集資都得花個五百、一千，結果中過最大的一次獎，也不過就幾萬塊，扣完稅之後大家平分，不賺反虧。

這次就算了吧。

男子放棄了集資機會，但下班回家經過彩券行，又覺得不賭看看似乎有點可惜，因此就花個兩百買了兩注電腦選號的威力彩。

誰知道其中一注竟然徹底改變了他的命運。

沒有集資包牌是對的！

男子在對中頭獎的時候，腦中不自覺浮現出這個想法。

雖然九點六億就算給二十個人分還是很多，但人多多少少還是自私的，能一個人全拿、一毛都不分最好。

正當男子一會回憶買彩券的那一天、一會天馬行空地想著接下來要做的事情時，接待的林小姐端著一杯熱茶走了回來，後面還跟了兩名男子。

「請喝茶。」林小姐將茶放在男子面前，往旁邊退了一步，向他介紹跟著進來的兩名男子：「這位是台彩的董事長，另外這一位是我們銀行的副總經理。」

「您就是沈先生嗎？」台彩董事長伸出手說：「眞是恭喜你啊。」

男子立刻站了起來，伸出手來跟董事長握了握說：「謝謝。」

「沈先生，恭喜你了。」副總也跟著道賀說：「我們先一起拍張照吧！這是我們的慣例，留作紀念而已，您的照片跟身分不會外洩的。」

不愧是接待過好幾位頭彩得主的副總，一開始就講明了用意，屏除了男子最擔心的事情——身分曝光。

沒了這層疑慮，男子很快就點頭答應，靦腆地笑著說：「好。」

董事長與副總經理分別站到男子的左右兩側，三人擺好了姿勢與笑容，林小姐舉起掛在脖子上的相機之後，突然開口問道：「要請家人一起入鏡嗎？」

聽到林小姐這麼問，男子感到有些疑惑，稍微側著頭看了副總經理一眼，好像聽不懂她的問題，希望副總能向他說明似的。

看到男子不解的表情，副總的笑容瞬間僵住了，過了一會才向男子問道：「請問您的家人有一起來嗎？」

男子被這麼一問，愣了好一會才搖搖頭說：「沒有。」

這些人是沒長眼睛嗎？打從一進銀行就只有我自己一個人，看也知道我沒帶家人過來吧？

男子心裡雖然這麼想，臉上的笑容卻依然壓抑不下來。

「可是，不是有五個人跟您一起來嗎？」林小姐放下相機，一手指著VIP室的門口說：「他們就站在門口啊，好像是不好意思進來，所以我就沒有勉強他們了。」

林小姐一說完，三人同時轉過頭去看向門口。

什麼人都沒有啊。

這種玩笑話，就算頭獎得主心情再好也不會想聽到，只見沈姓男子的笑容越來越僵，董事長趕緊對副總使了使眼色。

沈姓男子還沒開口，副總立刻接話說：「妳看錯了吧，應該只是剛好有人在那邊，不是跟沈先生一起來的。」

「可是他們一路都是一起過來的，四個男的、一個女的啊。」林小姐不識相地拚命解釋道：「我本來以爲是朋友，不過有一個行動不方便的看起來稍微年長一點，所以才想說是不是家人……」

「不可能啊！」這下子男子也忍不住開口了：「我還沒跟任何人說過我中頭獎的事，連我家人都不知道，他們怎麼可能會跟我來？而且我認識的人裡面也沒有什麼行動不便的啊。」

聞言，換林小姐一臉狐疑了。

「沒事、沒事，」董事長趕緊緩和氣氛說：「只是一場誤會而已，大家就別想那麼多了，我們先拍照吧。」

董事長說完，副總也立刻轉頭對林小姐小聲說道：「妳幫我們拍完之後就先出去吧。」

雖然還是覺得奇怪，但是再爭論下去也沒什麼意義，林小姐就照著副總經理的指示，幫三人拍完合照之後，先行離開。

過了一段時間後，董事長與副總經理親自送沈先生到銀行門口，在沈先生離開之後，董事長又與副總說了幾句話才離開。

送別兩人之後，副總經理回到銀行裡，將剛才負責接待的林小姐找了過來。

「妳啊，有些事情要學著點。」副總經理語重心長地說：「因爲妳才剛進來沒多久，也是第一次接待頭獎得主，所以這次我就先睜一隻眼閉一隻眼，不跟妳計較了。」

雖然副總這麼說，林小姐還是不懂自己到底哪裡做錯了，有點不服氣地低著頭。

「中頭獎的得主，通常都不會只有一個人來領獎，」看得出林小姐心有不甘的副總，嘆了口氣解釋道：「但是跟他一起來的，多半也不會是活人。」

副總的這句話就像是定身咒一般，一說完，林小姐整個人瞬間石化了。仔細回想起來，剛剛跟在男子身後的五人，一直都是面無表情，並且用有點奇怪又有點詭異的眼神看著他。

原本她還以爲那只是因爲既羨慕又忌妒，才會產生那種不懷好意的眼光，看樣子，事情似乎並沒有那麼單純。

或許，中頭獎是一回事，然而有沒有那個命把錢花完，又是另外一回事了。

第五篇

何長淵

18

電動鐵捲門緩緩上升，光線再度射入這間荒廢已久的彩券行。

店面落地窗外站著一群人，最前面的那位男子，拿出了鑰匙將塵封已久的大門給打了開來。

大門開啓的同時，一股霉味與血腥味撲鼻而來，讓後面的幾個人不自覺地皺起了眉頭。

「請進。」最前面的男子，招呼著眾人進入店內。

然而帶頭的男子等到大家都進到店裡面之後，自己就佇立在門口，沒有進到屋內。

眾人走到了店裡面，空蕩蕩的彩券行，顯得十分淒涼，牆壁上留著的看板，上面寫著本期累積的獎金，至於獎金的數目，還停留在當時發生命案的數字，寫著「9.6億」。

而眾人一進到店裡面立刻就注意到了地板上的那片黑色污漬，還有那尊留在櫃檯上面的黑色神像。

「唉，」佇立在門外的男子說：「本來想找人來打掃一下，誰知道來的人看到桌上那黑色的神像，大家都覺得有點忌諱，都不願意做了。所以沒辦法，順序只能倒過來，先請各位來處理這尊神像。」

說話的這位男子，就是現在這家店的屋主，也是原屋主徐智充的兒子。當時他也親眼目睹了自己爸爸的死狀，在那之後他就對這裡有著莫大的陰影與恐懼，因爲當時的景象眞的是太可怕了，就連辦案多年、過各種刑案現場的警方都這麼認爲。

從來不曾見過那麼恐怖的死狀，徐智充的下巴都掉了，嘴巴大到眞的是一個成年人的頭都放得進去。

那詭異的模樣，到現在光是回想都會讓屋主不自覺地顫抖起來。

不過比起命案本身，眞正詭異的地方還在後頭，姑且不論徐智充死得多慘，光是那模樣，就讓人無法聯想到「自然」死亡，因此打從一開始，警方就立刻調閱了監視器。

但是查閱之後發現，除了徐智充跟路過發現的人之外，當時根本就沒有其他人進出過這間彩券行。加上這小小不到五坪大的空間，也沒有什麼後門或可以藏人的地方，實在沒有人知道徐智充是怎麼死的。

就是因爲這個緣故，就連承辦的警員們，都覺得事情有點弔詭，尤其是在警方趕到的時候，徐智充的屍體旁，還佇立著現在放在櫃檯上的這尊黑色神像，更讓整起案件顯得十分毛骨悚然，令人不寒而慄。

而這些人被請來，就是爲了處理眼前這尊黑色的神像。

帶領這些人的郭師父，是道上很有名的一位師父，專門處理這些不祥之物。這些年來足跡踏遍台灣各地，處理了許多知名且棘手的物件，而跟在他後面的，都是他的弟子。

從這個角度來說，屋主能夠找到這位郭師父來處理這尊神像，也算是不幸中的大幸。

郭師父進門之後，雙眼就有如老鷹般，緊緊地盯著桌子上的那尊神像。

那尊神像就靜靜地佇立在櫃檯上，彷彿就像是這家店眞正的店主一樣。

從外觀看起來，不看神像面部的神情，確實有點像是財神，不過仔細看一下面部猙獰的表情，不管是誰都不會跟財神爺聯想在一起。

這點不只有郭師父這種經驗老到的師父看得出來，就連一旁的弟子也皺眉搖著頭說：「這絕對不是財神爺。」

郭師父觀察了一下環境，雖然彩券行本身的擺設不多，可是空間一開始就比較小，可能很難在店裡而直接處理。

當然這點基本的東西，不需要郭師父，就連他的弟子們第一個想到的也是這點，因此其中一個弟子考慮到空間不夠寬敞的緣故，等等還要弄張桌子，於是想要移動一下神像，手正過去要碰神像，結果郭師父突然伸手過來，緊緊抓住了那個弟子的手。

「別碰！」郭師父厲聲說道：「上面可能有咒。」

弟子聽到了之後，立刻將手縮回去。

「你們都別碰，因爲你們修行不夠，心不定的人，面對這種惡毒的詛咒，多半不會有好下場。」郭師父回頭告誡弟子們。

弟子們聽了之後，立刻進入狀況，畢竟師父曾經多次告訴弟子們，他們這些專門處理邪物的，就好像警方的那些拆彈小組一樣，大部分的詛咒就好像炸彈，都有觸動的機制。不只如此，就連實務上的處理也像拆彈小組，大部分的詛咒也跟炸彈一樣，都是有一些基本的脈絡可循，即便包裝得再怎麼複雜、線路再怎麼繁瑣，都只是爲了把這些基本的原理沒那麼容易被人看穿罷了。

所以郭師父很清楚，就算是熟練的拆彈專家，接近炸彈的時候，也需要穿著全副武裝的防爆衣。而對他們來說，這個防爆衣可不是標準配備，能夠保護這些法師、道士們，不受到類似這些詛咒的侵襲，最關鍵的防爆衣，就是他們的信念與信仰。

然而即便如此，光有這些還不夠，在處理的時候，還需要心如止水，不能有一絲雜念，絕對專注的精神力，往往是決定生死的關鍵。

因此郭師父要這些弟子們，絕對不能碰這個神像。

在大致了解情況與現場的狀況之後，郭師父決定將神像帶走，到廟裡面去處理。

做決定之後，眾人立刻開始準備。

「你們修行太淺，等等運送這個神像的時候，還是我來吧。」郭師父下達了這個指令。

所謂的修行，其實說穿了，就是心無雜念，向著光明。

年輕人，這點一直都是最難做到的課題。他們心中充滿懷疑，世界對他們來說，誘惑太多，難免動心起念，容易讓邪靈有機可趁，讓惡毒的詛咒，有出手的機會。

運送準備的工作進行得十分順利，師徒們繃緊了神經，頌完經後，郭師父拿了一塊寫有經文的紅布，將神像給蓋了起來。

一開始，郭師父覺得這尊神像很有可能有咒，一些不知道什麼邪教份子，或是怨靈之類的，詛咒了這尊神像。但是剛剛在頌經的時候，郭師父就發現這上面可能不是咒那麼簡單，而是直接有什麼東西藏身在其中。如此一來恐怕不是三天兩頭就可以消除的，如果貿然將之火化，恐怕只會讓裡面的東西居無定所，到時候恐怕造成更大的災害。所以現在最保險的方法，就是把神像請回廟裡，在眾神的陪伴之下，盼望能夠解開這怨恨的惡靈。

不過這往往需要曠日廢時，動輒好幾年，甚至數十年的光陰。

但是只要送回廟中，將它安置在佛堂裡面的高架上，等於斷絕了任何人與它接觸的可能性，不管那惡靈多麼凶險，也不會引發什麼災難與問題。

因此法事做完了之後，郭師父要弟子拿來黃色的法布，親手將黑神像連同蓋在上面的紅布都包好，準備運回廟裡。

「可以了，」郭師父對弟子們說：「我們把它帶回去吧。」

郭師父深呼吸一口氣之後，小心地捧起了黑神像，然後弟子們圍在師父身邊，四人分站四角，形成正方形的形狀，將郭師父圍在中央，眾人就這樣維持著彷彿行軍作戰般的陣型，告別了屋主之後，走出了彩券行。

彩券行位於路邊，但是附近停車不便，所以眾人將車停在附近的停車場，需要走一小段路。

不過有弟子在兩旁與前面開道，想必問題不大，只是難免吸引一些路人的目光。

一行人就這樣朝停車場走去，轉了個彎後，走在人行道上。

斜對面的工地施工聲，以及大馬路上車水馬龍的聲響，讓從巷子裡面出來的眾人，感到有點吵雜。

不過居中的郭師父捧著神像，對於這一切似乎完全無感，靜默地走著，就好像在中正紀念堂裡面的衛兵一樣，專注在行走這件事情上。

這時突然不知道從哪裡來的一陣炮響，讓眾人嚇了一跳，就連居中的師父這時也被這串震耳欲聾的炮聲給嚇到縮起了脖子。

朝聲音的方向一看，一群人就站在巷子裡面的一家彩券行門口，聲音就是這些人點放的鞭炮聲響。

比起眾人剛剛走出來的那間彩券行，這間開在巷子裡面的彩券行，看起來就熱鬧許多，就連裝潢看起來都比剛剛眾人所在的那間還要豪華。

「那家店好像開出頭獎了。」其中一個弟子說。

只見店門外因爲放鞭炮的關係，顯得煙霧迷漫，在煙霧之中可以清楚看見剛掛上去的布條，上面寫著「賀！本店開出頭獎1.7億！」。

郭師父看了一眼之後，搖搖頭淡淡地說道：「走吧。」

這麼說的同時，師父的腦海裡面突然浮現出一點點的聯想。

有這麼一刹那，郭師父想著如果自己眞的就是那個中獎的幸運兒，一點七億的彩金，可以好好修繕一下自己年久失修的廟宇，至少把天花板好好翻修一下，別再讓這些可憐的弟子，一到下雨天就得要每小時拖一次地板，更不用睡到一半被漏水給滴醒。

這幾乎是大部分的人看到了樂透累積的獎金，不自主地會浮現出來的想法，卻萬萬想不到，這樣的想法卻彷彿是鑰匙般，將直達地獄的大門給打了開來。

斜對面那施工的大樓，一根細長的鐵條從高處掉落下來，「咚！」的一聲悶響，撞上了凸出來的鋼條，結果在空中改變了方向，彈向對面的郭師父一行人。

郭師父等人根本沒有留神，專注地向前走，結果鐵條直直插入眾人的行列之中，不偏不倚地刺中了郭師父。

鐵條從左後背刺入，從右腹刺出，甚至插在了地板上。鐵條刺穿了郭師父的心臟，郭師父當場慘死，身體也立刻一軟，但是被鐵條撐著的情況，整個人就這樣前傾卻沒倒在地上。郭師父手上捧著的神像，這時也脫手掉在地上。

這一切來得極爲突然，甚至在周圍的弟子親眼目睹一切，都還需要時間去吸收眼前所發生的事情，因此有一小段時間，眾弟子都是愣在原地，看著師父。

過了一會之後，弟子們不約而同地大聲尖叫出來，聲音蓋過了身邊所有吵雜的聲響，其他路過的民眾看到了這恐怖的場景，也開始尖叫，甚至有人開始逃跑，場面頓時陷入了混亂。

而就在這一片混亂之中，黑神像就屹立不搖地佇立在人行道的磚地上，嘴角彷彿揚起，蔑視地笑看這一切。

19

何長淵站在焚化爐前，看了一下旁邊的儀表板，確認焚化爐已經準備就緒後，轉過頭去看了一下身邊的中年婦女。

中年婦女閉上雙眼，深吸了一口氣之後，張開眼睛對著何長淵緩緩地點了點頭。

何長淵見狀後，側身讓開示意身後捧著神像的徒弟，將神像放入火爐之中。在確定神像放入焚化爐之後，幾個和尚開始對著焚化爐誦經，何長淵將焚化爐啓動，爐中的大火頓時將神像給呑沒。

何長淵雖然不是什麼修行人士，但是在道上卻也算是小有名氣，幾乎各大廟宇的人都有人認識他，之所以會有這樣的情況，主要還是因爲他特殊的行業……不，或許不應該稱爲行業，畢竟根本沒有多少人「專門」從事這樣的工作。

何長淵是專門處理廢棄神像的，這本來就不是一門生意，畢竟銷毀神像這種事情，不太能夠好好經營，而且大部分的神像之所以會廢棄，都是因爲一些比較無奈的原因。一尊好的神像，用個好幾十年，本來就是家常便飯的事情。畢竟這種事情，眞的不能胡來與兒戲，不會有廟宇每年都更換神像來保持新鮮感吧？

所以這個行業也算特別，雖然說全台灣也有不少人從事相關的工作，不過何長淵因爲比較正統，所以有不少廟宇都固定找他來處理神像。

雖然說很多人家裡如果有神像要遺棄，都會找上廟宇，很多廟宇也都接受，但是最後經過幾次轉手之後，終究會轉到何長淵的手上，因此道上有些人戲稱何長淵這個地方，是「神像的終點站」。

何長淵之所以會從事這樣的行業，主要也是家裡以前的長輩，就是專門做這個的，何長淵不愛讀書，所以家裡人很早就把他送到長輩那邊，讓他學這個，最後長輩退休之後，就由何長淵繼承。

處理廢棄的神像，不同於一般的廢棄物，擁有自己一套非常完整的系統與流程。這是因爲神像本身特殊的性質，讓人不敢隨便處理，所以自然得由何長淵這種專業人士，比較知道該怎麼做。有很多需要注意的地方，更有許多禁忌與步驟，與其說是煞有其事，不如說是一種傳統，老一輩口耳相傳傳承下來的東西。

就好像剛剛在進行火化之前，何長淵需要先確認一件事情，那就是這尊神像是「無人在家」的情況。

簡單來說，即便是在廟宇裡面的神像，也不見得有神靈的分身附在上面，或者應該說就算平常有神靈，也不是「隨時」都在「家」。一些感應力比較強的人，光是到了廟門外，就可以感受到裡面有沒有神明「在家」。

而對何長淵來說，這可是最重要的一個環節，他必須確認神像裡面沒有神靈。

然而何長淵自己沒有這個能力，所以他每次要火化神像的時候，都需要有類似這位中年女子一樣的人到場，確認神像裡面沒人在家，才能進行火化的工作。

如果還有神靈附身在神像上面，那麼神像是絕對不能火化的，畢竟把神明送進焚化爐，這可是大逆不道的一件事情。這時候就需要多一些步驟，將神明請走，如果神明不走，就絕對不能火化。

雖然說背後的道理是這樣，但是對一個沒有感應力的人來說，這也只能算是一種不得不遵循的「傳統」。

而這位中年女子，就是何長淵口中的高女士，是與何長淵配合相當多年的伙伴，她可以透過感應知道神像裡面的狀況，對何長淵來說，是處理神像不可或缺的重要搭檔。

伴隨著和尚們的誦經，焚化爐中的神像很快成了一片灰燼，即便如此，那誦經的聲音依然不絕於耳。

過了一陣子之後，和尚們的誦經聲告一段落，何長淵才將焚化爐打開，讓熱氣消散。

除了這些步驟之外，要火化神像的焚化爐當然也是有講究的，所以何長淵才會在自家後院特別設置這個小型焚化爐。原則上來說，這座焚化爐只燒神像，其他東西絕對都不會放進這台焚化爐之中，這就是對神像最後的敬意，也是何長淵不得不另外訂製一台焚化爐的原因，就是爲了保證這個焚化爐的「純淨」。

另外除了焚化爐之外，還有一個很重要的環節需要顧及，這也是爲什麼何長淵需要住在這種偏僻的地方。在神像火化之後，何長淵會將這些灰燼蒐集起來，用黃布包裹起來，然後將它埋在樹下，所以在何長淵的住所後方，就種有三棵菩提樹。

不光只是埋在樹下，還要將埋有灰燼的地方圍起來，平常要注意不能讓人在上面行走，這就是何長淵或者該說是何長淵的長輩傳承下來，關於處理神像最後的幾個流程。

而正是因爲這些流程嚴謹又充滿敬意，才會讓台灣許多廟宇信任何長淵，願意將廢棄神像專門交給他來處理，也等於送了神像最有尊嚴與敬意的最後一程。

由於從事這個行業的人不多，因此從神像的角度來看何長淵，有種殊途同歸的感覺，不管在之前是大廟還是小廟，乃至於家裡面的神像，最後幾乎都很有可能來到何長淵這邊，一起長眠於菩提樹下。

今天，其中一棵菩提樹下又多了一個坑，眾人在何長淵的帶領之下，完成了最後的儀式，將神像的灰燼埋在坑中，並且將原本圍在菩提樹旁的護繩範圍擴大，將這個新坑也涵蓋在其中。

如此一來，處理神像的工作也算是大功告成了。

一切就好像安排好的一樣，在處理工作告一段落之後，何長淵的手機響起，其他人還開何長淵的玩笑，說他生意絡繹不絕，然而何長淵卻是臉色一沉，越聽臉色越是凝重。

透過電話，何長淵知道一位過去跟自己頗有淵源、而且也算是專門處理廢棄神像的郭師父，在處理一個神像的時候意外身亡。由於郭師父在道上頗負盛名，因此眾人知道他在處理神像的時候身亡，就沒有任何人敢接。

就好像廢棄神像不管如何在江湖上轉手，最後終究會來到何長淵的手上一樣，在經過了幾次輾轉之後，委託的電話還是打到了何長淵的手機之中。

雖然對於這樣的案件，何長淵多少還是有點顧忌，不過爲了交情，最後還是答應去看看情況。

掛上電話之後，何長淵只祈禱這個案件，不會像當年他師父所遇到的那麼棘手就好了。

20

何長淵沒有陰陽眼，至於宗教信仰嘛，其實他跟一般台灣普遍的老百姓差不多，沒有特別的宗教信仰。

畢竟他所處理的神像，是不分教派的，只要是神像，他都用相同的步驟來處理，沒有半點差別待遇。

然而在這些年的經歷，也確實發生過許多讓他難忘與難以理解的事情。因此，如果問他到底相信哪個神明，何長淵可能答不出來；但是如果問他相不相信這世界上有鬼神，那麼何長淵的答案絕對是肯定的。

其他的不說，光是當年那件害他師父死掉的神像，就已經夠讓他相信這世界上不只有神，而且還有恐怖的靈可能會附身在神像上面。

不管是何長淵還是他師父，雖然都是專門處理廢棄神像的，但是他們都不是什麼修行人士，更不是什麼像電影中林正英那樣可以對抗邪靈的道士。如果以產業鏈來看，或者是以「神像的一生」來看，從製作、開光到使用，何長淵這邊確實如外號般，是神像最後的終點站。以這個角度來說，理論上不應該接觸到這樣的神像。

然而夜路走多了終究會遇到鬼，既然進了廚房就不能怕熱，何長淵甚至是他的師父傳承下來的一脈也知道，神像有問題的事情終究沒有辦法完全避免。

因此在很多處理上的步驟，就是爲了防止類似的事情發生。

所幸大部分的宮廟與師父都不會隨便將這樣的神像交給何長淵，就連何長淵跟高女士合作那麼多年，也只遇到幾次裡面還有神靈的情況，其中有一次還怎麼送都送不走，後來何長淵直接將神像退回給廟宇，後來廟宇告知有些特殊狀況，神明還有沒處理完的事情，所以才會一直留在神像裡面，因此這樣的情況並不常見。

至於除了神明之外的狀況，何長淵也遇到過幾次，而當時幫忙解決的人，正是不久前傳來噩耗的郭師父，因此才會讓何長淵感覺到棘手，但是又有種不得不去處理的使命感。

「別想那麼多，至少先去看看再說，說不定眞的只是『意外』，不是因爲神像的關係。」

雖然何長淵想要這麼告訴自己，但是心中還是有點陰影，除了因爲自己的師父，也就是家裡的長輩曾經因爲處理一個很邪的神像，導致最後連命都丟了之外，就連何長淵自己也有幾次不好的經驗。

尤其是台灣人有些人迷信得很奇怪，都會去找一些東南亞的宗教信仰，然後常常弄了一堆奇怪的神像來台，然後最後多半也會流到何長淵的手中，畢竟這些信仰在台灣又不流行，宗教的系統也不一樣，自然不會有廟宇肯收，所以只能廢棄。

類似這樣的神像，每年都會有三到五尊，其中不乏一些會讓何長淵感到頭痛的神像。

畢竟不要說華人的信仰多元，就連東南亞也不是單一宗教國家，在這些眾多的宗教之中，總有些神靈，可能不見得正派，就像何長淵的師父說過的，越是靈驗的神明，往往越是邪門，有很多詭異的事情，處理起來就必須更加小心。

如果可以的話，何長淵當然不想碰這些，不過如果連他這種代代傳承下來、專門處理廢棄神像的人都不碰的話，那麼流落到一般的廢棄物回收場，恐怕會更糟糕。

或許就是因爲這樣的使命感，讓何長淵即便覺得不妙，也還是應邀前來。

而在何長淵身邊的，除了何長淵的弟子簡余平之外，一直以來協助何長淵的那位中年婦女高詩穎也一起前來，她會從另外一個角度，提供何長淵關於神像的狀況。

眾人來到了目前暫時收留神像的廟宇，廟方人員一聽到何長淵的名號，立刻熱情招待著眾人。

在寒暄過後，何長淵從廟方那邊得知關於這尊神像的情況，也大致了解事發的經過。簡單來說，就是郭師父接到一間彩券行的委託，去處理這尊神像。結果在路上卻遇到意外，被附近工地掉落物給砸死。由於郭師父是在運送神像的過程中發生意外，加上郭師父本身又頗負盛名，所以這尊神像就沒有人敢處理，最後經過協調之後，暫時讓這尊神像暫存在這間廟中。

在簡單了解事情經過之後，何長淵表示希望可以先看看神像，於是廟方人員帶著眾人來到了廟宇後方的一個小房間。

「何師父，那尊神像就在裡面。」

何長淵點了點頭之後，廟方人員將門打開。

一打開門，身旁的高女士立刻倒抽一口氣，雖然說何長淵自己並沒有什麼特殊感應力，更沒有陰陽眼或者是什麼修行，但是與這尊神像的第一眼，也確實讓何長淵感覺到震撼。

那尊神像就佇立在神桌上，那懾人的氣勢不言可喻，渾身都散發著一股駭人的模樣。那神情與模樣，確實是何長淵從事這行業這麼多年以來，從來不曾見過的。除此之外，這尊神像的上色也是何長淵不曾見過的，幾乎全黑，沒有半點其他色彩。

先不要說這奇怪的配色與其他細節，光是神像的神情，就讓何長淵感覺到不對勁，雖然說神像製作上，確實有很多時候，有些神像會表現出凶狠與威嚴的模樣，但是眼前這尊神像，卻不只有這樣的感覺，而是多了一種不一樣的氛圍。

到底是哪裡不一樣呢？何長淵凝視著神像，在心中想著。

看著神像一會之後，何長淵大概也找到了他感覺到不對勁的地方。一般來說神像的凶狠與威嚴，多半是展現自身的氣勢與魄力，但是這尊神像怒目的神情，就好像一個憤怒的父親或者是老師，正準備要教訓眼前的信徒一樣，讓何長淵確實感覺到有點背脊發涼。

「如何？何師父看得出這尊神像的來歷嗎？」帶領著大家進到屋內的廟祝問。

何長淵側著頭沒有回答。大略看了一下，這樣的製作確實是何長淵這輩子沒有見過的，自然也感覺到不太對勁。

「這個該不會是東南亞的那些神像吧？」廟祝接著問。

其實不要說何長淵了，就連其他人廟方工作人員，也沒有見過類似的情況，所以才會這麼問。

「你們接手的時候，原主沒有說什麼嗎？」何長淵的弟子簡余平問。

「聽說是黑財神。」廟方人員說。

「啊？」這話一出，除了何長淵之外，都露出不解的神情。

尤其是何長淵的弟子簡余平，跟了何長淵將近十年，看過的神像也不在少數，完全沒有辦法接受眼前這尊黑神像就是黑財神。

「這絕對不可能是黑財神吧？」簡余平轉過頭問何長淵。

「不是，」何長淵給了答案：「不過，確實很可能是財神，但是不是一般我們說的黑財神。」

在何長淵處理過的神像之中，數量最多的可能就屬財神爺了，祂可以說是全台灣上下沒有人不愛的神明。

不過會有這樣的人氣，絕對不是因爲大家普遍的信仰，說白了只是想要利用神明讓自己發財。

何長淵就見過很多案例，像是很多信徒開公司作生意時，特別喜歡請一尊到公司，後來經營不善、公司倒閉，什麼值錢的家具都搬了，就留下一尊財神爺在原地，有種把氣出在財神爺身上的感覺，想當然爾，在經過一番流浪之後，最後大多輾轉來到何長淵這邊。

每每遇到這種情況與現象，都讓何長淵不免感慨現代人眞的連神明都不當一回事，好像他們就跟手機一樣，只要服務自己就對了。

對於這些所謂的信徒，何長淵在這些年看得太多了，每年都得要處理一些看起來還很新、但是卻被人廢棄的神像，就連何長淵自己都覺得不安。

由於長年處理神像的關係，何長淵對於神像的了解與熟悉，如果自稱第二，恐怕沒人敢稱第一。畢竟不是半路出家，而是從小就學習跟神像相關的事情，所以只要是華人圈的神像，他光是看一些小細節，就能推斷出神像的身分，更有甚者，直接就可以知道出處。就連世界各地舉辦跟神像有關的展覽，何長淵也常常會受邀參加，對於神像的了解，也算是專家。

因此何長淵一看就立刻知道這個神像不是出自東南亞的，至少不像是他平常所接觸的東南亞神像。

從雕刻的工法看起來，讓何長淵覺得這個神像很有可能就是台灣本地製作的，而且腦海之中，也浮現了幾位很有名的大師。

不過這些大師基本上，都是在道上赫赫有名的，他們所做的神像，也都在各大廟宇之中，不太會有這麼小型、而且淪落到彩券行才對。

這個矛盾勾起了何長淵的興趣，讓何長淵頓時忘記了眼前的神像有多險惡，專注地看著神像的一些小細節。

隨著何長淵所觀察到的那些細節狀況，原本在何長淵腦海裡面那些候補的人選，也一一被剔除，直到最後只剩下三個人選。

這三個人中，有一位已經往生、一位退休，另外一位聽說近年也只進行修補，沒聽說有新作品。

如果要給何長淵硬猜，他可能會猜是那位已經往生的雕刻師，不過在那位雕刻師往生之前，就已經退休好幾年了。

不過何長淵不敢很確定，主要是因爲何長淵這邊並沒有經手過那位雕刻師的神像，只是就他過去所了解的來判斷，另外就是這個作品與那位大師過往的作品，也有著很大的不同，讓何長淵不敢一口咬定一定是出自那位大師廖添壽之手。

與何長淵不同的是，身邊一起前來的高女士，她並不是直接從視覺去觀察這個神像，而是用更深層的感受去面對這個神像。

然而，這個神像帶給她的震撼，遠遠超過何長淵這邊所能觀察到的細節。

高女士除了長年協助何長淵之外，自己也處理過不少除了神像之外的東西，她很清楚對鬼魂或者是靈體來說，人型的物品很容易成爲這些鬼魂寄宿的目標，這或許多少出於生前的一種習性或者是基於對人型的熟悉感，像是娃娃或者是人偶之類的。

然而神像雖然具有人型，卻是這當中的例外，幾乎鮮少有鬼魂會附身在神像上。畢竟神像本身代表了神的形象，一般鬼魂避之唯恐不及，就算沒有神靈附在其上，光是那模樣就足以讓鬼魂退避三舍，因此鬼魂鮮少附身在神像上。

不過這是一般的情況，凡事都有例外，只是因爲這個基本的原則，所以一旦神像上面附上的邪靈，多半都是比較恐怖的靈體，處理起來特別麻煩。過去在協助何長淵的情況下，大部分都只是判斷裡面有沒有神靈的分靈還在裡面，幾乎沒有遇過有什麼鬼魂之類的附身在神像上。

而在仔細感受過這個黑神像的狀況後，高女士知道事情可能非常不妙，因爲她可以感應到神像裡面確實存在著某個靈體，而且絕對不是神靈的分靈……

何長淵這邊，依然深陷在自己所觀察到的線索，尤其是當他越想下去這其中的關聯，就越覺得這件事情不單純。透過觀察，他覺得越來越像是那位廖添壽的作品，但是如果這個神像眞的出自大師之手，那麼整個製作流程以及完成之後送往廟宇等等過程，應該都有一定的步驟，不會有被什麼邪靈附身這樣的情況發生才對，更不應該淪落到彩券行才對。

除此之外，何長淵是透過一些細節與工法，推測這個神像與廖添壽有關。然而如果單純就外觀來看，這個神像有太多地方跟過去廖添壽的作品，不……應該說跟所有神像作品都不一樣。

尤其最讓何長淵在意的，是神像嘴邊竟然有獠牙，這是絕對的大忌，他不曾見過有任何財神爺會有獠牙的。這讓何長淵越看越不解，明明線索看似越來越多，但是不合邏輯的地方也越來越多。

這讓何長淵勉強想到了一個可能性，會不會是有人脅迫這位大師製作這樣的神像，然後進行了什麼恐怖的儀式，讓沉睡已久或者被封印的邪神，再度被喚醒，並且附身在神像之上？

「唉！」

何長淵嘆了口氣搖搖頭，把這太過於不切實際、宛如小說般的幻想給否定。因爲如果是這樣的話，新聞肯定會報導，畢竟就算被脅迫製作出這樣的神像，但是製作完成之後，除非被滅口，不然早就報警了。

然而這位大師卻不是因爲這樣而往生，而是因爲中風，後來身體健康因素而往生。當年何長淵還去參加了他的喪禮，加上他多年前已經退休，所有作品都已經名花有主，那時大家還說，如果大師的作品有所損壞就眞的是壞一件少一件了。

所幸在大師過世之後這幾年，都沒有任何一件作品淪落到何長淵這邊，大家的珍惜由此可見一斑，根本沒聽說過有什麼不知名的作品流到市面上。

眼看自己這邊沒有答案，何長淵只能尋求身邊的高女士意見。

「如何？有什麼感應嗎？」

問了一會沒聽到高女士回答，何長淵轉向高女士，立刻被高女士的模樣給嚇到，蒼白的臉色與發黑的嘴唇，這是何長淵過去不曾見過的情況。

「死人……死了很多人。」高女士勉強地答道。

聽到高女士這麼說，何長淵沉下了臉問道：「有……郭師父嗎？」

高女士沉默了一會之後，點了點頭。

聽到高女士這個答案，何長淵知道情況眞的很糟糕，而且還是那種自己不能不管的糟糕。因爲如果眞的是這樣的話，那麼這個神像絕對需要被銷毀，不能讓它繼續危害人間，問題就在於怎麼銷毀。

——考量過後何長淵給了答案。

「先封起來，不要讓任何人靠近神像，然後我們看看有沒有辦法更加了解它一點，才能知道該怎麼處理。」

最後何長淵決定兵分兩路：一是查清楚它的來歷，一是查清楚它的起源。

廟方最後也照著何長淵的指示，將神像用紅布蓋起來，並且將房門上鎖，不讓任何人靠近它，直到他們研究好該怎麼處理再說。

21

原本還以為這個神像的來歷與底細，會讓眾人宛如大海裡撈針，耗力費時之後還是沒辦法查清楚這個神像的來歷，但是結果卻出乎何長淵的意料之外。

首先是何長淵這邊，委託了熟識的鑑定專家對神像進行了分析，在經過比對之後，確定雕刻工法確實是出自廖添壽之手。

如此一來也算是證實了何長淵一開始的推測，於是何長淵透過關係，希望可以找到廖家人，詢問更多關於這尊神像的事情。

至於何長淵的弟子簡余平則是從經手過這些神像的人著手，先找上先前委託郭師父的彩券行，然後看有沒有辦法向上追查，查清楚這尊神像的持有者，看看有沒有辦法從中得到線索。

不管哪一路都有了很好的結果，不，應該說很清楚的結果，因為從結果看起來絕對不可能說是好的。

在與那尊黑神像見面後的一個禮拜，何長淵這邊的調查也算告一段落，對於這尊黑神像的軌跡也有了大概的脈絡。

「好的，非常謝謝你們，如果你們那邊不反對的話，就交給我們處理。」何長淵恭敬地對著手機說。

掛上手機之後，何長淵轉過頭跟坐在身邊的高女士說：「廖家那邊說，廖師父在臨死之前，確實有在打造一尊神像，後來那尊神像在舉辦喪禮過後就不翼而飛了。我有把事情簡單告知對方，對方表示讓我們全權處理，他們不過問了。」

高女士沉著臉，點了點頭。對高女士來說，比起這尊神像的製作者，她更在乎的是這尊神像現在的占有者，也就是盤踞在神像之中的邪惡，到底是何方神聖？

而何長淵這邊，透過這段時間蒐集來的情報，大概也推測出幾個方向。

由於廖師父的名聲遠播，所以可能在喪禮的時候，有人見到了神像，就把它偷走，或者……何長淵又想到了當時初見這尊神像時，自己天馬行空的想像。

或許一開始就是一個邪惡的組織，用盡了各種辦法，強迫廖師父製作了這尊神像，結果後來廖師父走了，他們在廖家辦理喪事期間，將這尊神像給偷走，然後舉行什麼邪惡的儀式，讓恐怖的邪靈附在神像上。

當時還覺得不可能，現在這個可能性看起來是完全合理的推論。回想當時喪禮的情況，何長淵也有親臨現場致意，他跟廖師父雖然不曾見過面，但是終究也算是半個同行，而且廖師父也算是當代大師，因此前往致意也沒什麼不對。廖師父的告別式當時就在他的工作室舉行，所以說有人不懷好意趁著喪禮將神像偷走，確實是有可能的。

就在何長淵與高女士各自陷入沉思之際，弟子簡余平走了進來，對著兩人說：「師父，高女士，時間差不多了，客人要到了。」

今天，簡余平特別約了先前跟這尊黑神像有些淵源的人，何長淵這邊希望透過對方，了解一下到底在這之前，黑神像究竟惹出過多少事情。

因此聽到簡余平這麼說，兩人互看一眼之後，站起身來，準備迎接客人……

第六篇

黑財神

22

家，是自己最熟悉的地方，理應是自己最後的避風港、最舒適的地方。

但是，在這樣的環境之中，有沒有一個角落，或者是一個房間，甚至是一個物品，讓你感覺到害怕與恐懼？

對小蔣來說，家裡就有這麼一個房間，可以讓他走出自己房間還笑容滿面、心情愉悅，但是一到了那個房間的門前，臉色會頓時沉下來的，心情也會感覺到低落與害怕。

不過，並不是一直都如此，而是在爸媽把那尊神像請回家中之後才這樣。

那個房間原本是他妹妹的房間，但是在爸媽把那尊神像請回家中之後，那個房間就搖身一變成爲了神明廳，同時也成爲了這個家中最讓小蔣感覺到不安與厭惡的角落。

據小蔣的說法，他的爸媽十分好賭，對他們來說，自從台灣有了樂透彩券之後，他們沒有一期漏買。每年期待的就是有大選，可以好好賭上幾把，別人是決定台灣的未來，他們是決定這幾年家裡的生計。平時休閒娛樂就是上麻將館泡上一整天，出國不是港澳就是日本，而且必去的景點不是賭場就是賽馬場。

賭博嘛，不要傾家蕩產還可以勉強算是個娛樂。他的爸媽也算節制，至少每期買樂透，都不會去包牌，就買個幾組電腦選號，過過乾癮。

然後運動彩券也不會遺漏，四年一度的世界盃，就是那種狂歡的日子，他們會挑個幾隊，然後用力加油，明明裡面連一個認識的球員都沒有，卻還是很投入。

這樣的家庭，雖然有著這樣的缺陷，但是全家上下和樂融融，生活起來除了時好時壞，沒什麼太多可以抱怨的，其實跟一般家庭沒有什麼太大的不同。

只要一有空，爸媽就會一起去家附近的一家麻將館打麻將，後來因爲那家麻將館被警方抄了，他們不知道爲什麼去把麻將館裡面的這尊神像請回家，一切也就是從這個時候開始變了調。

在何長淵指示兵分二路之後，何長淵的徒弟簡余平就找上了先前那間委託郭師父的彩券行，透過了他找上了當時將神像賣給彩券行的師父。原本那位師父打死不承認，但是憑藉著何長淵在道上的名號，加上許多宮廟的關係，那位師父才將實情全盤托出，讓簡余平得以找上這戶一開始委託廟宇處理神像的小蔣。

於是眾人約了小蔣，希望可以透過他得知當時黑神像在他家裡面的情況。

「打從第一眼，」小蔣臉色鐵青地說：「我就非常討厭那個神像，他跟我看到的神像完全不一樣，有種讓人毛骨悚然的感覺。」

然而，即便小蔣也確實有把這樣的感覺告訴自己的爸媽，但是小蔣的爸媽完全不理會，兩人對那個神像很敬畏，還特別把妹妹的房間整理過，變成了神明廳，妹妹不管怎麼跟爸媽抗議都沒有用。

「爸爸變了！」小蔣哭喪著臉說：「媽媽也變了！爸爸本來總是把刺激掛在嘴邊，說賭博就是玩個刺激，不是爲了發財，還很自豪說，我跟妹妹未來的學費，還有未來買房子的頭期款，他們都準備好了，絕對不會花到之類的。」

何長淵沒有多說什麼，也不知道到底該怎麼安慰對方，只能靜靜地聽著。

「結果我那天看到，」小蔣接著說：「爸媽買了一堆彩券回家，質問之下才知道，他們把所有錢都拿去包牌了，連先前說絕對不會動用到的錢，也全部投下去了。我跟妹妹當然跟爸媽抗議，結果爸媽很生氣，說我們沒有親眼見過神蹟，我們不懂，家裡的那尊是眞的財神爺，會保我們家發財，十輩子都吃不完。」

「你爸媽先前都沒有這樣嗎？想要偶爾玩一把大的？」高女士問。

畢竟小蔣自己也說了，自己爸媽平常就很喜歡賭博，所以這種賭徒的故事，大概都是如出一轍，很難斷定是因爲神像的關係。

「從來不曾，」小蔣用力搖著頭說：「你們沒看到我爸媽的模樣，那不是習慣的改變……該怎麼說，光是那眼神，就讓我覺得好像中邪一樣。以前我爸最疼我妹，不管什麼事情，只要妹妹求一下，爸爸最後都會妥協。可是這一次，光是把我妹趕出來把她的房間變成神明廳，就非常怪了。」

高女士點著頭表示理解。

「那……最後的結果呢？」何長淵問。

「什麼結果？」

「那次的樂透，最後有中嗎？」

「有，」小蔣攤開雙手說：「中了三獎，只是中獎的錢還不夠買樂透的錢，我們家的錢瞬間少掉至少一半。」

「然後呢？你爸媽應該清醒了吧？很顯然沒讓你們家發大財。」

小蔣沉重地搖搖頭說：「爸爸確實很生氣，不過最後還是決定把三獎拿回來的錢，再全部賭下去。」

聽到小蔣這麼說，何長淵與高女士互看一眼，不約而同地搖了搖頭。

「那這次的結果呢？」何長淵問。

「我不知道，」小蔣面無表情地說：「開獎的那天晚上，我們家就發生了火災……」

當然之後的事情，何長淵這邊在請對方來之前就知道了，大火燒死了小蔣一家三口，只剩下小蔣一個人活下來。

「所以你後來就拜託廟方，將那尊神像收走？」

「是！」小蔣忍不住雙手顫抖著說：「雖然我沒有證據，但是我相信一定是那尊神像害我爸媽變成那樣，所以我痛恨那個神像，不管是它那件金冠還是那件紅袍，我看了都覺得……」

「等等，」何長淵打斷了小蔣：「那個神像不是黑色的？渾身黑色的？」

「不是，」說到這裡小蔣挑眉：「它之所以變成黑色，是因爲火災燒的，這也算是它咎由自取吧。」

聽到小蔣這麼說，何長淵不禁啞然失笑，眞的沒想到，原來黑神像根本打從開始就只是一般的財神爺，只是因爲這場意外，才變成黑色的。

「想不到可以燒得這麼……自然。」一旁的高女士也覺得不可思議。

「眞的看不出來。」

原來，黑神像並不是眞的黑色的神像，而是因爲火災，整個被燒黑的。

可是光是一場火災，竟然眞的可以燒得這麼均勻，也眞的是出乎何長淵的意料之外。明明自己恐怕就是這個世界上看過大火吞噬神像最多次的男人，卻完全沒有注意到這個神像的黑色是被火烤出來的。

「你說你爸媽，」何長淵問：「是從麻將館把那尊神像請回家的？」

小蔣點了點頭說：「是，就是他們常去的那家麻將館。」

「那你可以把那間麻將館的資訊留給我們嗎？」

雖然說麻將館已經倒了，不過何長淵相信凡走過必留下痕跡，一定有辦法找到相關人士，詢問關於黑神像……不，這個神像的事情。

23

台灣的宮廟體系十分龐大，而且相當接地氣，在地的服務也很周全，畢竟所謂的信徒，都是以附近的居民當作基礎，所以對於在地的情況也十分了解。雖然各宮廟間可能存在著衝突與矛盾，但是何長淵沒有這方面的問題，跟所有派系與宮廟都維持著良好的關係，這也成爲何長淵最有利的人脈。

從小蔣那邊得到了麻將館的名字與地址之後，何長淵透過人脈聯繫上了當地的廟宇，希望可以代爲尋找麻將館的相關人士，果然不到幾天的時間，就得到了回覆，找到了一個曾經在麻將館裡面工作的員工——小徐。

「那神像有鬼，眞的很邪門！」

坐在兩人面前的是麻將館的前員工小徐，在麻將館歇業之後，他在一家飲料店打工，一開始很不願意提起麻將館的事情，是後來何長淵答應要給他一個小紅包，他才心不甘情不願的配合，而這句話則是何長淵提到神像之後，小徐說的第一句話。

「老闆聽說是去黑市跟人家買來的，」小徐說：「什麼偏財神之類的，專門幫人賺偏門。」

聽到了小徐這麼說，高女士跟何長淵只能無奈搖搖頭，能賺偏財、保佑偏門的神明，還眞的沒聽過，至少華人世界的神明沒有這樣。

那種什麼色情場所要拜天蓬元帥啦，或者是黑白兩道都要拜關二哥這種，多半都是自己的詮釋，試問哪有神明會幫助人做壞事或害人的？有的話，眞的還能叫做神明嗎？

不過畢竟現在不是宗教課，兩人也不打算糾正小徐，只是讓他繼續說下去。

「一開始還不知道怎麼回事，」小徐說：「以為就只是一點你知道……賭場會遇到的事情，有人質疑別人出千啦，或者是有人輸到翻臉啦之類的。」

兩人雖然沒去過賭場，不過大概也能想見這樣的情況，因此點了點頭。

「不過我們麻將館不常發生啦，」小徐說：「因爲我們館本來就不是玩很大的，會光顧的就是一些附近的住戶，或者是老人家，說是賭博，還不如說是聯誼性質的休閒娛樂，因此玩得也不大。」

雖然小徐說得很理所當然，不過何長淵還是懷疑到底這樣的「小賭」在台灣眞的合法嗎？這已經超出了何長淵熟悉的範圍，不過這當然也不是重點，更不是兩人這次找上小徐的原因，因此還是希望小徐可以聚焦在跟神像有關的事情上。

「所以你老闆請神像來就是爲了讓麻將館生意興隆？」何長淵將話題切入重點。

「他是這樣說，」小徐聳聳肩說：「至於老闆在想什麼，眞的沒人知道。」

「那神像請來後，有發生過什麼奇怪的事情嗎？」

「其實嚴格說起來，」小徐皺著眉頭說：「不能算……你知道，就是那種什麼靈異事件，只是……很邪門。不是我說的，是客人們都這樣傳。我個人是覺得還好，在神像來之後，好像生意也沒什麼太大的變化，不過客人之間就一直說什麼感覺好像常常會遇到比較邪門的情況。」

「實際上是什麼情況？」高女士不解。

「其實很難說，」小徐歪著頭說：「因爲你知道那些打麻將的有很多怪招、禁忌之類的，那些其實我也不是很懂，不過後來發生的那幾起案件就連我這種不打麻將的也確實覺得有點毛，我也才逐漸了解邪門是什麼意思。」

何長淵大概知道，這是關係到後來麻將館被勒令停業的事件，所以示意小徐說下去。

「第一次的事情好像是……」小徐想了一下說：「有人胡了個大牌，就是天胡。」

「什麼是天胡？」高女士一臉狐疑。

「麻將最後的目的是胡牌，」一旁的何長淵解釋：「就是把牌組成一組一組的，而所謂的天胡，就是還沒打牌，一開始摸進來的牌就已經組好了，幾乎是不太可能的事情。」

高女士似懂非懂地點了點頭，小徐也點頭表示沒錯。

「那個客人胡了天胡之後，」小徐輕描淡寫地說：「之後又連續胡了幾把大牌，讓他們同桌的人輸得很不爽，在那天打玩牌的回家路上，就把贏錢的那個人給殺了。」

因爲小徐說得很平淡，然而內容卻讓兩人瞠目結舌，所以一時之間有點難接受。

「殺了？」何長淵瞪大雙眼。

小徐聳了聳肩，點了點頭。

「到底是輸了多少錢？要到殺人的地步？」高女士不解地問。

「實際上到底贏多少，」小徐說：「這我也不太清楚耶，我懂麻將的規則，不過不會算台，但是聽老闆說頂多就是一、兩萬塊，不會再多了。」

想不到一、兩萬塊就能讓人輸到砍人，讓何長淵跟高女士不太能夠接受，甚至懷疑小徐會不會根本搞錯了，實際上說不定上百萬。

「其實後來警察來了之後，」小徐接著說：「他們討論之下也認爲，跟輸多少錢無關，應該比較多的是輸不起啦，輸了就是不爽啦。」

這樣的說詞，確實也讓何長淵與高女士比較能夠接受，畢竟爲了輸個幾萬塊就殺人，實在有點太誇張了。

「你說的邪門就是因爲輸了錢就殺人？」高女士問。

「不是！」小徐無奈笑著說：「是他們有些人說，那天那個人胡的牌有點邪門，我就說了，那些打麻將的毛很多，一堆術語不談，還有一堆阿里不搭的禁忌之類的，什麼不能看書啦，或者是不能勾肩搭背啦，還有就是什麼四家打同風會怎樣的，總之就是一些很迷信的東西啦。」

「這我也有聽說過。」何長淵點點頭說。

雖然說何長淵不常打麻將，不過基本規則跟這些有的沒的，大概也聽說過一點。

「好像就是說，」何長淵說：「有些牌因為眞的太少見，機率太低，出現多半就是種不好的象徵之類的。」

雖然兩人說得煞有其事，不過對高女士這種完全不會打麻將的人恐怕一時之間也無法體會，只能禮貌地點了點頭。

「除了這件事情之外，還有其他的嗎？」

「當然有！」小徐理直氣壯地說。

何長淵用手比了比示意小徐說下去。

「第一天的這件事情我是覺得還好，」小徐臉色微沉：「沒覺得有多邪門，不過第二天的事件，就對我來說，比較恐怖了一點，我到現在還不知道為什麼。就第二天，因為警方來過了嘛，然後大家都在傳，有些人就很害怕，覺得很邪門，有些人就很不安，其中有一個客人就一直說大家太迷信，說什麼就輸不起而已，沒什麼好大驚小怪的。我是覺得大家在他的安撫之下，有比較平靜一點。」

何長淵點了點頭，確實在像這種人群集體的恐懼時，有人相對冷靜安撫眾人，才有可能讓大家一起冷靜下來。

「結果好不容易大家都平息下來，」小徐瞪大眼說：「開始打起牌來，那個叫大家冷靜的那個人，突然大叫一聲，然後整個翻倒在地上。所有人當然嚇一跳，立刻去把他扶起來，結果他站起來之後，歇斯底里跑了出去。」

何長淵與高女士互看一眼。

「在場的所有人當然都不明白啊！」小徐說：「結果也不知道是誰，突然去看他的牌，大聲叫說又是天胡，而且比前一天還更恐怖，是大四喜的天胡。這下場子就亂了，有些比較膽小的客人，連牌都不敢玩，立刻就跑出去了。」

確實，昨天才因爲有人天胡因此喪命，今天又出現確實很邪門，至少就連何長淵都覺得不對勁。

「那你老闆怎麼看？」高女士問：「當初請財神來，不是爲了讓生意興隆嗎？現在連客人都被嚇跑了，有比較好嗎？」

「其實我覺得，」小徐說：「第二天後老闆也開始覺得那神像有點邪門，不過已經來不及了。」

「那……跑出去的客人沒事嗎？」何長淵問。

小徐聽到何長淵的問題，轉過來凝視著何長淵，過了半晌才說：「那天晚上他就自殺了，臨死前還留下遺書說，與其等著不幸發生，不如自己了斷。」

對於這樣的結果，何長淵跟高女士也覺得難以接受，皺起了眉頭。

「因爲他在遺書有提到麻將館，唉！」小徐嘆了口氣：「警方第二天又來了，這次當然也只是問問，到底是發生什麼事情之類的。」

比起昨天的事件來說，雖然情況比較讓人難以接受，但是至少對警方來說，比較沒有問題，案件很快就釐清了。

後來小徐也因爲這件事情，向麻將館請假，也勸老闆要不要休息幾天避避風頭，但是老闆執意開店，果然第三天又出事了。

這一次警方立刻到場處理，然後接二連三的事情，都是跟我們麻將館有關，最後警方直接抄了我們麻將館。

「詳細的情況我不是很清楚，」小徐說：「因爲那天我請假，後來是老闆的家人聯絡我，說因爲店裡面有客人是通緝犯被抓，他的小弟們懷疑老闆出老千害的，所以上門找老闆算帳，最後老闆就被他們……」

小徐用大拇指由右而左劃過脖子，示意老闆被殺死了。

當然，麻將館也因爲停業與老闆死亡告一段落。

「還有一個詭異的地方！」小徐一臉驚恐地說：「我後來被警方通知回去麻將館收拾東西的時候，那尊神像已經不見了，現在想想眞的是挺恐怖的！」

聽到小徐這麼說，兩人大概也知道了，如果不是夫妻倆找上老闆的親人買下那尊神像，就是趁麻將館歇業的時候將神像偷回家，從情況看起來，應該後者的可能性比較大。

最後爲了不節外生枝，所以兩人並沒有把神像後來跑到小蔣他們家的事情告訴小徐。雖然說，他們相信就算小徐知道，也不會想要代替老闆討回那個神像就是了。

24

比起先前的小蔣與麻將館來說，黑市這個管道，確實一度讓何長淵陷入困境。

畢竟黑市這個管道，對何長淵師徒來說，並不是什麼熟悉的門路。

不過因爲神像這個東西，屬於比較專業的類別，尤其是廖添壽是知名的佛雕師，黑市的商家爲了調查一下神像價值，也稍微打聽了一下，這才留下了一點尾巴，讓何長淵師徒有機會找到源頭。

雖然對方一度不願意配合，不過在許多人的擔保與勸說之下，最後終於打聽到拿神像到黑市去賣的人。

只要找到人，其他就簡單多了，即便對方的身分有點敏感，但是透過宮廟無遠弗屆的穿透力，還是找到了人，對方也終於願意與何長淵見上一面。

比起小蔣跟小徐來說，當初賣神像的這個阿標看起來就不像是個好人，完全就是一副地痞流氓的模樣。

何長淵這邊原本還以爲要從這樣的人口中套出神像的相關資訊，會有一定的難度，誰知道對方極爲配合，侃侃而談、毫不避諱。

「我不知道大哥是去哪裡弄到那尊神像的，」阿標說：「但是聽說是個很有名的雕刻師，所以大哥想要賣個好價錢，誰知道……」

聽到阿標這麼說，何長淵內心不免嗤之以鼻，其他的不說，光是要脫手這樣的贓物，恐怕沒有他們想像的那麼簡單。一來廖添壽是名家，很多人可能認得他的作品，更不可能去廟裡面兜售，頂多就是收藏家有可能。二來沒有廖添壽的名字，這東西就不值那個錢，而一說出他的名字，那麼取得的管道絕對會是擺在眼前的問題，因此想要銷贓可能沒那麼容易。

果然，阿標搖搖頭說：「根本就沒辦法脫手，老大找了所有他找得到的買家，根本沒人敢碰，最後老大覺得不對勁，所以就找了宮廟的兄弟來看看。結果那兄弟直接說我們不可能賣得掉，因爲……這神像根本沒有完成。」

「沒有完成？」何長淵不解。

「對啊，」阿標笑著說：「神像沒有眼睛，就是他們說什麼……我忘記他們說什麼一個特別的說法。」

「點睛？」

「對！」阿標指著何長淵說：「就是點睛，說神像沒有眼睛沒有完成，加上那師父很有名之類的，所以不可能賣掉。」

何長淵點點頭，因爲這跟他所預想的一樣，當然接下來的結果他也知道，就是轉向黑市或許還有點機會。

「老大就很不爽啊，」阿標說：「還罵那個師父不會先完成好再死嗎？」

聽到阿標這麼說，讓何長淵不免沉下了臉，瞪著阿標。

「然後老大啊，」被何長淵瞪的阿標不以爲意，繼續說：「就點個眼睛有什麼難的，當晚就拿筆來幫神像……」

「你們做了什麼？」話還沒說完，何長淵已經瞪大雙眼難以置信，一旁的高女士也是一臉錯愕。

「幫它畫眼睛啊。」阿標笑著說。

聽到這裡，何長淵不禁感覺到毛骨悚然，就算他不是雕刻師，但是像這樣隨便幫神像點睛，他也可以理解是眞的蠻胡來的。這些人還眞的是連一點基本的尊重都沒有。這讓何長淵眞心想要親眼見見這位完全不把神明放在眼裡的「大哥」。

「我聽阿羅說，神像是你出面賣的？」

何長淵口中的阿羅是那個與阿標交易的黑市商人，阿標點了點頭。

「你大哥呢？」何長淵說：「爲什麼不是由他出面？」

聽到何長淵這麼問，原本還侃侃而談的阿標，突然臉色一沉，有點難以啓齒的模樣。

「如果可以的話，我希望也可以跟你大哥談一下，了解關於更多神像的事情。」

阿標看著眼前的桌子，愣了一會之後才搖搖頭：「我大哥已經死了，你沒辦法找他談了。」

「死了？」

「是，」阿標說：「那跟神像無關，所以我就不想談了。」

雖然阿標這麼說，但是何長淵不知道爲什麼，還是感覺阿標老大的死，多半也跟神像有關，不過既然阿標不願意說，兩人也沒辦法勉強他，訪談也到此告一段落。

25

在問完了所有的人之後，也算是將這尊神像完整的軌跡給拼湊出來了。

這尊神像應該就是廖添壽的遺作，可惜的是還沒有完成，所以沒有交貨。廖添壽死後，神像被阿標的老大偷走，最後賣到黑市，淪落到麻將館，然後又被小蔣的雙親帶回家。在小蔣的雙親死後，小蔣委託廟宇處理，誰知道一個無良的師父，將它賣給了彩券行。

然而在了解神像這一路的經歷，讓何長淵不免搖頭，先不說神像裡面的是何方神聖，就算是眞的財神爺分靈，試問到底都是些什麼樣的人？財迷心竅、盜匪竊賊？這些爲非作歹、心存貪念、歹念之徒，不是應該最怕遇到神明嗎？現在的人到底有多麼離譜？

然而，感慨歸感慨，問題仍然還是需要處理。

這一路調查下來的結果，除了證實了一開始何長淵的推測，這座神像確實是出自廖添壽之手，而且很可能是他的遺作之外，也完美解釋了當初何長淵想不透的推測，就是像這種大師級的雕刻師，不可能不清楚神像的製作流程，從製作到最後送到宮廟的過程，都應該不至於讓邪靈入侵才對。偏偏這個遺作還沒有完成，又被竊賊給偷走，才會發生這宛如肉粽般一綑接著一綑的不幸。

看樣子高女士那天所見到的畫面確實是眞的，這尊神像所到之處，幾乎都是血流成河。

這也讓何長淵感到有點頭痛，猜想接下來的事情恐怕很難解決，想不到一旁的高女士卻有著完全不同的看法。

「事情或許沒有想像的嚴重，問題就是……」高女士望向收有神像的房間說：「在裡面的到底是怎樣的鬼魂？」

「怎麼說呢？高女士妳爲什麼反而覺得沒有想像的嚴重呢？」

「他們從喪禮偷走了那尊神像，」高女士提出自己的看法：「由於沒有點睛儀式，所以神像很可能在這之間被附身。」

何長淵點了點頭，這些他都可以理解。

「但是那位大師舉辦喪禮的地點，」高女士接著說：「是在自家的工作室，他的工作室在市區，然後小偷偷走之後，基本上就是在幾個地方流轉，所以遇到什麼妖魔鬼怪的機會比較低，最有可能的，應該就是一些在路口或者什麼地方徘徊的孤魂野鬼。」

聽到高女士的分析，何長淵也點了點頭，心情瞬間輕鬆了不少。

如果眞的是孤魂野鬼的話，只需要把它從神像裡面逼出來就可以了，不只讓人安心一點，也讓事情變得比較好處理。

不過因爲過去在處理神像上，何長淵有過一些不好的經歷，讓他還是不敢完全放心，只能祈禱事情眞的跟高女士說的一樣好處理就好了。

「雖然是孤魂野鬼，」高女士做出這樣的結論：「但是裡面的恐怕生前也不是什麼好人，玩弄人心、害死那麼多條人命，難以想像裡面的人生前有多麼喪心病狂。」

「那就不用跟它客氣，」何長淵沉著臉說：「把它逼出來，如果它不從，就讓它跟神像一起燒毀，逼出來後，就直接請有道行的師父來對付它。」

然而當何長淵找上了廟方協助，將這樣的想法告訴廟方，廟方卻有點爲難。

畢竟對象是神像，實在很難對神像出手，終究還是有大逆不道的感覺，而且又是大師的遺作，連廟方人員都沒把握可以對付得了裡面的凶靈。

在經過討論與雙方各退一步之後，最後眾人決定還是用驅靈法，把對方逼出來，並且指引到西方極樂的路。

如果對方還是冥頑不靈，少了神像的保護，或許還有辦法對付得了。

對於廟方的看法，高女士也表示贊同。

其實她也認為，即便裡面的孤魂野鬼窮凶極惡、不懷好意，但是它之所以有威力，多半是因為神像的加持。

「就好像神明一樣，」高女士解釋其中的原理給何長淵聽：「有越多的信徒，神明的力量也越大。它之所以可以危害人間，多半是因為被誤認為是真的財神爺，結果信徒膜拜或者某種意念給了它力量，才會讓它有力量作怪。一旦把它逼出來，銷毀了神像，恐怕它就沒有那個力量可以危害人間了。到時它在人世間犯下的罪孽，自然會由它自己來承擔。」

高女士的說法說服了何長淵，於是眾人約定好時間，在何長淵的工作室見面，準備將神像給銷毀，希望可以徹底平息這場災難，讓這一系列由黑神像引起的悲劇可以告一段落。

第七篇

廖添壽

26

藝品工作室中，昏暗的燈光讓整間工作室有種古老的氛圍。

空氣中瀰漫的是一種濃郁的異味，那是混合了木頭與用在木頭上面塗劑的氣味。即便經過了許多年，這味道依舊久久未散，彷彿是根深蒂固由房子自己散發出來的味道。

一踏入工作室內，撲鼻而來的就是這個有點刺鼻的味道，需要過一段時間才能慢慢適應。

雖然這味道對老趙來說，一點也不陌生，但還是需要一點時間才能習慣。

「有人在嗎？」

老趙一邊朝著工作室深處而去，一邊大聲喊著。

過了一會，沒有聽到回應，老趙又喊了一聲，這才聽到後室裡面有了些動靜。

在等待的過程之中，老趙環顧了一下四周，看了一下這熟悉的工作室。上一次來這間工作室已經差不多經過了四、五年了，不過似乎一切都沒有改變，幾乎沒有任何自己沒看過的藝品，這讓老趙的內心一沉。

「老趙，是你啊，怎麼有空過來啊？」

聽到了熟悉的聲音，老趙心中的沉重感頓時消散，轉過頭看著自己的老友，也是這間工作室的主人，老廖。

雖然說兩人之間已經多年沒見，不過對交情很深的老友來說，友情歷久一樣濃，不論相隔多久，都好像昨天才剛見過面一樣。

老廖熱情地招呼著老趙，來到了內室的茶桌。

燒開的熱水淋在乾燥的茶葉上，茶葉立刻鬆弛變軟，淡淡的煙氣裊裊，茶香也散發出來。

老趙看著眼前的老廖沏茶，臉上浮現出笑容。

「以前啊，」老趙笑著說：「我總覺得，泡茶這種東西，是老輝仔人的專利，想不到……」

老趙現在差不多六十多歲，不過看起來還很有活力，看不出來是個上了年紀的人。

「我們現在也是老輝仔人啦，」老廖笑著說：「現在也只剩下這個東西可以喝啦，不然眞的要去排隊買那些什麼手搖飲嗎？」

說話的老廖就眞的老了，七十多歲的他，滿臉皺紋，身材略顯瘦小，讓認識他超過半世紀的老趙，不免感嘆時光眞的飛逝，歲月也眞是不饒人啊。

「也是，也是。」老趙無奈地說。

老廖熟練地沏好了茶，倒了一杯給老趙，自己也添了一杯，兩個老友就這樣彷彿以茶代酒般，喝著茶閒聊了一會。

從某個角度來說，他們倆人也算是世交，老趙家裡是開廟的，而老廖是佛雕師，老趙家裡不管大大小小的神像，都是出自老廖之手。兩人認識的時候，老趙剛接手廟裡的一些事務，而老廖已經是小有名氣的佛雕師。

經過了這些年之後，老趙家裡的廟發展得十分順利，老廖更是已經成爲了舉國皆知的佛雕師，幾乎各大廟宇都可以看得到他的作品。

閒聊了一會，看到老趙的杯子見底，老廖爲他添上新茶，接著問道：「今天怎麼會特別來找我？該不會眞的只是來泡茶的吧？」

聽到老廖這麼問，老趙尷尬地笑了笑說：「是這樣的，廖哥，我知道你的情況，不過……我還是希望你可以幫我一下。」

老廖沒有回應，將茶壺放回電磁爐上，等著老趙說下去。

「是這樣的，我知道廖哥你已經退休了，不過我看全台灣……不，全東南亞，甚至是全世界，只有你才有可能做得出我想要的神像。」

老廖聽了，淡淡地笑著說：「您太抬舉我了，說得那麼誇張。」

老廖喝了一口茶後說：「我可以幫你聯絡看看其他人，我有些徒弟應該可以幫你。」

這樣的回答，倒也不算是意料之外，畢竟老廖在好幾年前就已經退休了，當時的老趙還特別請他吃了頓飯，感謝這些年老廖的幫忙。剛剛來的時候，老趙也看了一下，藝品店裡面沒有什麼新貨，老廖這個退休可是玩真的，跟那種每次宣傳新作品就嚷嚷著要退休的大師完全不一樣。

不過既然特別跑來了，老趙也有他自己的原因，不可能就此放棄。因此話鋒一轉，準備將自己的想法先告訴對方，再看看對方的想法如何。

「你這幾年有注意到P宮的新聞嗎？」老趙問。

P宮是台灣中部的一間大廟，每逢過年過節，廟外總是會排出長長的人龍，爲的就是要到廟裡面參拜，討著發財金。

「你是說排發財金的嗎？」

「嗯。」老趙嘆了口氣搖搖頭說：「我今年去看了一下，連想中樂透這種都敢排……唉，世風日下啊。」

老廖聽了沒說什麼，只是淡淡地笑了笑。

「財神爺是正神啊！」老趙一臉不以爲然地說：「現在這些信眾眞的不知道在想什麼，最好正神會幫你們發橫財啦！」

老廖臉上浮現出一抹苦笑。

「以前你說一、兩間廟這樣也就算了，」老趙無奈地搖搖頭說：「現在幾乎所有廟都來玩這套，還有信徒跑來跟我說，我們廟裡面沒有發財金，絕對不是眞正的財神爺，又說什麼我們的神像跟外面的不一樣什麼的，別人家的都是笑咪咪的，我們家不知道在凶幾點的，眞的是夠了！」

由於老趙他們家的神像，都是出自老廖之手，聽到老趙這麼說，老廖內心大概也猜到了老趙的來意。

「所以，你是希望我可以幫你雕一尊祥和一點的？」

聽到老廖這麼說，老趙瞪大雙眼，一臉難以置信。

「當然不是！」老趙說：「那不如把廟收一收，不要玩了。我要的是剛好相反的，我不要那種譁眾取寵的，而是一尊可以提醒大家財神爺也是個正神，是個正義凜然的神尊，希望可以讓那些見錢眼開、整天想要發橫財的鼠輩，看到之後也都會自慚的神像。」

聽到老趙這麼說，老廖不發一語。

「我是眞的希望可以端正這樣的風氣，」老趙接著說：「所以才特別找你，我相信只有廖哥你，才能做出眞正顯現得出神尊威嚴的神像，讓這些貪財的百姓們知道，財神爺不是幫你們發財的工具，而是你們腳踏實地工作之後，賺了一點錢要記得感謝的對象。」

老廖苦笑地問：「你眞的要這樣對信徒說教嗎？你不想要香油錢了嗎？」

「唔……不是要不要香油錢的問題，這是原則啊！如果眞的要賺錢，我不會也來搞發財金這一套嗎？我們廟也不小啊，就是覺得這樣不對啦！」

當天，老廖沒有當場答應老趙，說要考量看看自己身體的狀況。

然而這事情縈繞在老廖的腦海裡面三天，最後他做出了決定，他聯絡了很久沒有聯繫的木商，向對方訂了一塊上好的木材。

或許，把這個當成自己人生最後一尊神像，也是件很有意義的事情。

在下訂木材的時候，廖添壽確實這麼想著，只是此刻就連他自己都不知道，現在的自己到底還有沒有能力完成這尊神像，不只有荒廢多年的功夫不知道還剩下幾成，更大的問題恐怕還是自己的身體能不能夠撐得下去。畢竟當年就是有感於自己力不從心，才會選擇退休，如今要再度重操舊業，恐怕體力才是最大的問題。

不過，也只能盡人事、聽天命了。

27

——如無意外，這應該是我人生中最後一尊神像了。

面對這一塊上好的木頭，老廖心中有了這樣的覺悟。

在台灣，他們都被稱爲雕刻家，但是在日本，他們這些人被稱爲「佛雕師」。

尤其在手塚治虫的那部經典漫畫《火鳥》影響之下，佛雕師這個行業也普遍被日本大眾所認識，但是在台灣都普遍稱爲雕刻師，並沒有特別將他們獨立出來。

然而實際上，確實所有佛雕師都可以是雕刻師；但是反過來說，卻不是所有雕刻師都可以是佛雕師。

神像製作有其一定的流程與方法，雖然流派大致上來說，有分成各地方不同的派別，像是漳州、泉州等等，不過不管哪一流、哪一派，對於製作流程的講究，可是半點也不馬虎。

木頭送來之後，必須用紅布蓋木三週；今天三週已經期滿，可以掀布開工；老廖掀開紅布之後，拿起斧頭，在木頭上敲了幾下，這也是儀式的一部分，然後這個自己人生中的最後一個佛像，就要開始製作了。

與一般雕像不一樣的是，佛像講究的是儀態與心靈，就好像人家說的畫龍點睛一樣，最重要的有時候是眼神，有時候是那種威嚴的氛圍。

對老廖來說，雕佛這件事情，有它的意義與精神存在，過去老廖在教徒弟的時候，總是沒有辦法明確地把自己心中的觀念與想法傳達給徒弟。

退休後，老廖爲了打發時間，跑去社區大學學了攝影，透過班上的老師，才明白自己過去一直沒有辦法表達出來的想法。

當時攝影老師在教導底下那些都可以當自己爸媽的長輩，竭盡所能地用最簡單、直接的話來上課，也正是透過那個老師的話，才讓老廖明白自己一直以來沒有辦法表達的意境到底是什麼。

台上的老師解釋著攝影的目標，不是拍下眼前的景象，而是能夠傳達你當下看到那個景象的心情，讓景象融入到你的鏡頭之中，希望拍下來的照片，可以讓看的人也體會到你當下的心情。

聽到老師這麼說，老廖矇了，這就是他一直以來不知道該怎麼跟徒弟表達製作佛像的目標與心情，想不到上個攝影課，竟然讓他對於自己的本業豁然開朗。

他立刻衝出教室，打電話給自己的徒弟們，一一把這樣的想法表達給他們，然而電話那頭的徒弟們，卻完全不當一回事。

老廖也知道，一切都遲了，在他們學習的當下，沒有把這樣的基礎想法灌注到他們心中，如今都已經出師，成爲職人，想要改變這樣的想法，眞的已經太遲了，這也算是老廖心中比較大的遺憾。

恐怕老趙說得對，其他人老廖不知道，他還沒狂妄到認爲世界上只有自己做得到，但是老廖自己帶出來的徒弟，恐怕確實沒有任何人可以完成老趙的要求。

爲了生計，老廖不敢要求自己的徒弟不要製作那些譁眾取寵的神像，但是今天，自己已經沒有這層困擾了，不管是現實面還是心理層面，老廖確實是唯一可以正面接受老趙那番要求的人，更重要的是——老廖的內心確實認同老趙所說的。

雖然說這尊神像，是好友老趙所訂，然而其實老廖更想要爲自己的人生留下一尊足以代表自己的神像。

如今，面對這塊還沒有成形的木頭，他知道自己需要先定下心來，爲這個佛像找到一個調性。

老廖閉上雙眼，開始靜思。

老趙所說的話，老廖非常認同，甚至遠遠超過老趙的想像，光是在木頭前面這麼一靜思，腦海裡面浮現的都是執業那些年所遇到的那些鳥事。

「太凶了啦，不能再慈祥一點嗎？」

「再加點微微的笑，讓信徒們看了也開心啊！」

在名聲還沒那麼響亮的時候，老廖總是遇到這樣的廟宇，嫌棄自己的作品太凶、不夠親民。

這讓老廖眞的不明白到了極點，神明是要出來選舉嗎？還要出來拜票是不是？親民咧？

除此之外，就算成名之後，也三不五時會遇到那些看起來就不是正派人士要來找他做神像。

遇到這種，總是讓老廖除了拒絕之外，還想大聲斥喝：「你們是不是搞不清楚狀況啊？你今天要求風調雨順，要求安居樂業，要正正當當地賺點錢，這求正神絕對是王道！但是你們今天要求的可不是正財吧？最好正神會幫你們啦！」

尤其是每每看到神明出巡，一堆凶神惡煞在那邊鬥毆滋事，更讓老廖覺得不解到了極點。

先別說神明啦、信仰啦、是眞是假，有沒有什麼可以驗證的科學證據啦，老廖就只想問，這些人腦中自己有沒有仔細想想，你們心中的神明是什麼樣子啊？貪財？保佑壞人？什麼骯髒的事情都可以幫你們？

其實不只有那些惡徒，就連一般市井小民也讓他不解。

聯考也去拜，然後保佑你們考上，那努力用功讀書的人，就只是因爲沒拜神，就活該被弄掉？你們認爲的神會幹這種事情嗎？

站在即將成爲神像的木頭前，老廖的心中浮現出激動的情緒，他很想要問這個社會上那些信徒們——你們眼中的神到底是什麼樣的存在啊？

感覺就像自己的細漢仔，就說一般正常盜匪，也不會整天往警局跑，認爲警察應該要爲他們服務吧？怎麼神就可以？

哪怕你心術不正，惹事生非，平時不努力，好像只要去廟宇拜拜神，神就「應該」保佑你。

——憑什麼！

老廖懷著這樣的心情，心中咒罵著憑什麼，高舉起雙手爲這個神像雕下了第一刀。

不止這第一刀，接下來的每一刀雕琢，都懷有這樣的情緒，神像也隨著每一刀雕琢，變得越來越銳利……

28

製作的過程異常的順利，雖然說一開始在速度方面確實跟過去完全不能相比，光是這樣的速度，可能需要好幾個月才有可能完成，不過廖添壽也不著急。慢慢來吧，現在還能夠像過去那樣製作神像，老廖就已經偷笑了。

就這樣幾個禮拜過去了，廖添壽每天進行一點，雖然速度完全比不上過去，但是至少做工方面可一點也不比過去遜色。

不，由於心意相通的關係，完全理解自己多年老友的要求，所以做起來比起過去更加精緻，每個眉角之間，都有著恰到好處的拿捏，製作到一半的時候，廖添壽甚至堅信這個作品比起過去自己任何一個作品，都還要來得出色。

然而好景不常，在那之後老廖的身體狀況越來越不好，製作上也變得越來越困難，畢竟當初之所以退休，就是眞的感覺自己老了，很難像過去那樣隨心所欲，因此不得不選擇退休。

如今爲了賭上自己的尊嚴，勉強去做的結果，就是身體不堪負荷。

在神像逐漸成型之際，老廖的身體狀況也越來越糟糕，但是他仍然勉強著自己，結果就是在完成大約八成左右的時候，老廖的身體發出了最後的抗議，老廖中風倒地了。

得知這個消息的老趙，立刻趕到醫院探望老廖，即便老廖稱這一切跟製作神像無關，但是老趙還是感到自責，要老廖安心休養，不要再管神像的事情，一切隨緣。臨走前，老趙還偷偷塞了一筆錢給老廖的家人。

雖然最後總算是出院了，但是中風卻在老廖的身上留下了後遺症，讓他沒辦法繼續製作神像。

而那座快要完成的神像，就一直待在工作室裡，用紅布蓋著。老廖當然可以找自己的徒弟將這神像完成，但是對他來說，這尊神像充滿了意義，如果假借他人之手完成，那麼這個意義將不復存在，所以老廖並不打算這麼做，他希望可以親手完成這個神像。

後來每次只要想到或者是看到那塊用紅布蓋著的神像，都會讓老廖感覺到內心揪一下，總覺得有種責任未了的感覺。但是老廖的身體狀況卻越來越糟糕，畢竟年紀真的大了，別說胸口老是感覺似乎有塊大石頭壓著，就連呼吸都覺得吃力，雙手不需要用力也自然會顫抖。了解自己身體狀況的老廖，知道這恐怕就是自己人生中，最後的一個遺憾。

就這樣靜養了好長一段時間，老廖的身體完全沒有好轉，狀況也越來越糟糕，不要說製作神像了，就連命都感覺彷彿接近了尾聲，即將迎來人生的盡頭。

就在老廖覺得自己恐怕眞的沒辦法完成神像的時候，這一天早上，老廖從床上醒來，發現那個老是壓在自己胸口的大石，消失得無影無蹤，身體也變得很輕，感覺就好像眞的回到了過去一樣，至少是中風前的狀態。

一開始老廖還有點不安，到家裡附近逛了一下，結果走起路來感覺身體的狀況極佳，整個人精神也好了起來。

他知道這或許是老天給自己最後的一次機會，於是一回到家，他二話不說，立刻衝進工作室，將那個覆蓋在神像上面已經長達數個月的紅布給掀開。

爲了把握這珍貴的機會，老廖一整天都埋首於工作室之中，一鼓作氣將那剩下的部分給完成，就只差點睛的部分了。這個部分不能由他獨自完成，他會看好時辰，找個良辰吉時，約老趙一起完成。除去這個部分，至少老廖這邊已經算是完工了。

完成人生這最大遺憾之後，老廖整個人的氣也彷彿被抽乾了一樣，蹣跚地爬回床上，臨睡之前還不忘感謝上蒼給自己這個機會，完成自己最後的作品。

第二天，早上醒來之後，老廖感覺身體的狀況似乎又跟昨天不同。老廖一直覺得有種奇怪的感覺，好像一切都變得有點不太一樣了。

他來到雕刻室，看著自己人生中最後的這個作品，總覺得有什麼地方不足，但是又感覺有什麼不一樣的地方，是自己過去從來不曾見過的……

他就這樣佇立在這尊佛像前，凝視著自己的作品。

當然，這對老廖來說，並不是什麼特別的情況，每每在即將完成作品之際，他都會像現在這樣，仔細打量自己的作品，看看是不是還有什麼可以完善的地方。

不過這次看著自己的作品，內心所浮現的感覺，卻是前所未有的，就連老廖自己也說不上來，究竟是好是壞。這對一個老藝術家來說，是個詭異又彷彿不得不解決的問題。任何需要交出去的作品，都需要先得到自己的認可，這可是老廖這些年來的堅持與信念，他可不希望這個被自己視爲人生最後一個作品的佛像，讓自己晚節不保。

老廖總覺得似乎有哪裡跟自己製作時的感覺不太一樣，但是又沒辦法看出確切的問題，就這樣凝視著眼前的神像。

然後讓老廖回過神來的，是隔著幾面牆壁外的地方，傳來了熟悉卻有點淒凌的聲音。

「爸爸——！」那是同住女兒的聲音。

老廖回過神來，納悶著女兒爲什麼會發出那樣淒凌的聲音，決定先去看看情況再回過頭來處理神像的問題。

老廖走出工作室，朝聲音的方向也就是自己臥房而去，才剛靠近臥房，就看到女兒衝出來，拿起了手機。

老廖正打算詢問，就看到女兒已經泣不成聲，拿著手機的手不停顫抖，連撥通電話都有點困難。

看到女兒的模樣，老廖似乎意識到什麼，他打消詢問女兒的念頭，兀自朝著自己的臥房走去。

才剛走進臥房，他就看到了自己，仍然平靜地躺在床上。

身後的女兒終於撥通了電話，說出了那個他認知到的事實。

「哥……爸爸……爸去世了。」

老廖愣愣地望著自己的屍體，而周遭的環境彷彿都隔著一層紗般，連聲音都逐漸變得模糊。

接著家裡很快就變得很熱鬧，許多人紛紛前來協助女兒處理老廖的後事。

在這一片慌亂之中，老廖反而覺得平靜，驀地感覺到彷彿有什麼在呼喚著自己、要他過去，於是他掠過自己泣不成聲的兒女，朝著那個呼喚而去。

然後，在經過工作室門前的時候，他突然轉過頭，看了一眼原本應該是自己的代表作、卻成爲了自己遺作的神像。

他轉身步入工作室，想要再好好打量一下自己的作品……不，遺作，現在老廖非常確定這個就是自己的遺作了。

站在神像面前，老廖緩緩地伸出了手，想要撫摸這個自己在人世間的遺作。

而就是這麼一個動作，讓老廖的世界再次有了天大的變化……

29

老廖回過神來，發現自己應該還在工作室裡面。

然而，老廖卻完全沒有辦法動彈，就好像整個人都癱瘓了一樣，嚴重的程度甚至連眼珠子都沒有辦法轉動，將視線移往別處。

過去曾經因爲中風，導致身體不聽使喚的老廖，十分害怕這種感覺。

而就在老廖爲了自己完全動彈不得而感到驚慌失措的時候，老廖突然想起不久前自己的舉動，伸手觸碰那個自己剛完成的遺作。

難道說因爲自己已經往生，變成了鬼而觸碰了神像，導致這樣的情況發生？畢竟自己已經是鬼魂了，隨便觸碰神像恐怕是種禁忌，也因爲這樣導致自己遭到天譴，類似電擊之類的，讓自己癱瘓。

一開始老廖確實這麼想，下意識想要看向神像，無奈視線沒辦法移動，只能在腦海裡面回想著工作室的相對位置。

老廖確定自己所看到的方位，是在工作室的北邊，換句話說，那神像應該是在自己的後面……不……不對。

在回想自己工作室的狀況與神像應該擺放的位置時，老廖卻意外發現，自己似乎就跟神像處於同一個位置上。這讓老廖瞬間傻了，難道說……自己不是受到天譴被雷擊之類的變成這樣的狀況，而是因爲……被吸入神像裡面？

一認知到這個事實，讓老廖原本好不容易稍微平靜下來的心情，又開始激動了起來，這下他知道自己爲什麼完全沒有辦法動彈，更沒有辦法移動視線了。

老廖這輩子做夢也沒想到，自己會被「困」在自己做的神像裡面。

不過就是想要觸摸一下自己生前最後的遺作，想不到自己會就這樣附在神像上面，這完全超出老廖所能預料的範圍。

更苦的是，原本還是鬼魂的時候，自己還能聽到周遭的聲音，但是此刻什麼聲音都聽不到，感覺就好像耳聾了一樣，完全沒有聽到半點聲響。

這對老廖來說，簡直就是最恐怖的惡夢成眞，經歷過中風的他，最怕的就是這種完全動彈不得的情況。

這讓老廖不禁想問：原來當神仙是這麼苦的一件事情嗎？

一開始老廖還有這樣胡思亂想的精神，不過等到就這樣靜靜地看著自己工作室的某個方向超過一段時間之後，他感覺到自己正在遭受到一種難以言喻的酷刑。

一成不變的畫面、永無休止的睜眼、聽不到半點聲音的死寂，都將他的精神逼到了崩潰的邊緣。

就這樣從白天佇立到夜晚，再從夜晚佇立到清晨，如果說人世間也有所謂的無間地獄的話，那麼老廖肯定自己正處於其中。

可是老廖卻什麼都沒辦法做，只能眼睜睜看著前方，宛如望穿秋水等待丈夫歸來的望夫石。

然後……老廖的喪禮就這樣展開了。

老廖的家人將工作室的一個角落，佈置成告別式的禮堂，那一成不變的畫面終於有了變化，也稍微舒緩了一下自己瀕臨崩潰的情緒。而且從老廖所在的神像角度看過去，剛好可以看到整個告別式的側面，所有前來跟自己致意的人，都會經過自己的眼前。

從某個角度來說，老廖也算是參與了自己的告別式，這又是一個老廖完全沒想過的情況。告別式上，看到前來弔念自己的人潮，老廖不免感慨自己的這一生也算沒白活了，幾乎台灣各大廟宇都有派人前來弔念。

老廖看到了許多熟面孔，也看到了有些印象但是完全叫不出名字的人，更見到了老趙哭到暈過去，引起一陣騷動的場面。

而就在大夥因爲老趙暈過去而一陣混亂的時候，老廖眼角的餘光突然注意到了一個身影，由於不能轉動視線，所以老廖沒辦法對準那個身影看個仔細，不過從模樣看起來，他似乎一直打量著自己。此時喪禮現場亂成一團，而那身影看準時機一步一步朝老廖靠近，一開始老廖甚至還突然心想，如果他觸摸到自己所在的這尊神像，自己會不會就可以逃出去？

不過下一秒，這個想法瞬間幻滅，他的世界被人用不知道什麼東西遮蔽起來，變成了一片黑暗。

老廖愣了一會才知道，他媽的！自己被人偷了！而他自己還眞他媽的陷入了叫天天不應、叫地地不理，喊破喉嚨也不會有人聽見的境地！

雖然已經差不多確定自己就是被困在神像中，但是其實對於眼前的情況老廖還是十分陌生。他聽不到任何聲音，在視線被遮蔽的現在，感官幾乎完全失去了作用，只能從一點光線的變化，大概感受到自己正在「被移動」。

當老廖的世界再度重現光明時，他發現自己身處在一個完全陌生的環境，而眼前有幾個一看就知道不是什麼好東西的傢伙，拼命地打量著自己。

老廖沒辦法轉動視線，只能看個大概，這四個人大概是三男一女，其中一個正是當時在告別式上打量自己的傢伙，至於其他三人老廖完全不認識。

眾人七嘴八舌地討論著什麼，但是老廖卻是一個字也聽不見，根本不知道他們在打什麼算盤，一直到有人拿出了手機，對著自己猛拍，老廖才大概猜到，他們應該是想要銷贓。

哼，這些無賴至少還算識貨。

老廖內心想著，不過這件事情肯定沒有那麼簡單，雖然說這次自己製作起來，感覺跟過去完全不一樣，所以這尊神像跟過去自己的作品有很大的差距，但是老廖相信市場上還是有人可以認得出這是自己的作品。加上自己的聲望，恐怕想要銷贓賣個好價錢也沒那麼簡單。

雖然老廖對於這個困境，還有這樣殘存的自信，不過接下來的事情，對老廖來說恐怕就是最恐怖的夢魘了。

這些傢伙在拍完照之後，就將老廖搬到櫃子裡面收起來。

這眞的讓老廖痛苦到不斷在神像裡面哀號，現在不但聽不到半點聲音，就連視線也被剝奪了，就這樣身陷在完全黑暗以及無聲的環境之中。

如果說先前擺在工作室裡面，讓老廖的精神狀態備受考驗，那麼被鎖在櫃子裡面，就眞的足以讓老廖徹底崩潰了。

感覺自己就好像完全消失在人世間，但是卻殘留著不自由卻異常清醒的意識，到頭來剩下的只有思緒與情緒能夠飄浮在這虛無之中。

老廖從一開始的痛苦、崩潰，到後來轉化成無比的怒火，他不知道自己到底做錯了什麼，得要被迫受到這樣的折磨。

他痛恨自己當時爲什麼要手賤觸碰神像，他痛恨那些把他偷來的小偷，將自己鎖在這一片虛無之中，他痛恨當時爲什麼要答應製作這尊神像……

在黑暗中，老廖的怒火與時俱增，如果現在老廖還活著，肯定會再次中風，這或許就是一種情緒的熔斷機制，讓人不至於被極度的憤怒給吞沒。

無奈老廖已經往生，這樣的熔斷機制並不會在鬼魂的身上發生，因此只能任憑這怒火蔓延。

而就是這樣沉浸在憤怒的情緒中，彷彿整個意識都只有怨恨存在的世界裡。

不知道過了多久，老廖發現自己的世界似乎出現了一些變化。雖然一樣是漆黑無光，但是似乎沒有那麼死寂了。

一開始老廖還以爲自己聽覺恢復了，但是似乎又不是這樣，感覺就好像遠處有人在講話，但是又不能確定是不是自己的幻聽。不過隨著這樣細微的聲音出現，老廖的世界終於有了一個可以轉移情緒的方向。

雖然已經沒有了形體，但是老廖還是專注聆聽，而且隨著老廖開始拼命、使勁地「聽」，那聲音似乎有越來越近的趨勢。

終於在不知道經過多少時間之後，老廖可以依稀聽到一點類似人說話的聲音，只是那感覺有點奇怪，聲音似乎沒有什麼音調，而且有種不是透過耳朵聽到的感覺，跟自己記憶中所聽到的聲音有點不太一樣。

然而不管怎麼說，在這一片虛無之中，有了這點類似感官的感受，也算是一種心靈寄託。

對老廖來說，這一切不只有單純的打發無聊，讓自己有點寄託，當老廖開始似乎「聽」到了一點聲音，給了老廖無比的希望。他開始試著想要像當年還活著的時候一樣，活動一下自己的手腳。雖然這個時候他的手腳，根本就不存在，一切都只是存在於自己的意識而已。不過老廖在經過多次的嘗試之後，老廖還眞的感覺自己似乎有點擺脫了神像的束縛，那種感覺就好像睡覺的人將手腳伸出被窩外的那種感覺。

當然老廖也知道，在沒有了肉體跟視覺的情況之下，這一切很可能只是自己的幻想，但是光是如此也帶給了老廖莫大的希望。

或許，跟「聽覺」一樣，自己只要持續努力，總有一天可以成眞。

畢竟如果當時的自己，眞的是被「吸」入神像裡面，那麼或許透過鍛鍊，自己也眞的可以掙脫出去。

有了這個目標，讓老廖在這一片虛無之中的日子，不再那麼痛苦。

而就在一切看似逐漸好轉之際，那些人打開了櫃子，老廖也再度重見光明。

他們將老廖搬到外面的桌上，老廖這時才看到，除了先前看過的那幾個男的之外，這次又多了一張陌生的男性臉孔。

男人仔細打量著自己，並且開口說了幾句話，也就是在這個時候，老廖才知道原來自己認爲的「聽覺」根本就不是眞的，很可能只是自己的幻覺。

因爲不只有那個打量著自己的男人，就連周圍的那幾個人也開口討論了起來，但是老廖卻完全聽不到半點聲音。

這時老廖才回想起來，確實自己當時在一片黑暗中所自以爲聽到的聲音，都是類似人說話的聲音，除此之外什麼其他的聲音也沒有聽見。然而如果這裡眞的有人生活在其中，按理說不應該只有人的聲音，而是會有一堆雜七雜八的環境音才對。

就在老廖認知到自己所聽到的聲音不是眞的聲音時，那彷彿人說話的聲音又出現了，而且這次距離很近，就好像在老廖的耳邊說話一樣。

『這貨誰敢收啊？什麼不好偷、偷神像？』

突然聽到了聲音讓老廖愣了一下，然而比對之下，這時候剛好沒有人開口，看起來就好像討論到了一個段落，所有人都停下來沒說話，結果反而聲音越來越多。

『黑市，眞的可以嗎？這傢伙該不會在唬我吧？』

『這傢伙應該是在坑老大……』

『唉，如果艾咪可以跟我上床，該有多好……』

這種感覺就好像看著默片然後身旁有其他觀影者在講話一樣。

而且詭異的是，這些彷彿在說話的句子，完全沒有音調，雖然可以聽得出來是不同人說的，但是缺少音調的情況，有點難以分辨。

接下來眾人又開始開口討論，結果那些聲音變得斷斷續續、時有時無，甚至有時候根本連一個完整的句子都沒有，只是一些片語，弄得老廖有聽沒有懂。

不過在仔細比對之後，老廖很快就發現，只要這些人一開口講話，聲音反而就會中斷。

這讓老廖突然想到，這些該不會是……心聲或者腦袋裡面想的話吧？

這個猜測很快就得到了證實，因爲其中一個聲音傳來：『艾咪，還是那麼好看。』

過了一會之後，那個曾經看過的女人就出現在神像旁邊。

看來，原本竊賊四人組中的這個女人就是艾咪。

艾咪的出現讓眾人又持續討論了一番，透過眾人的討論老廖大概猜得到一個模糊的情況，情況似乎跟自己所料的一樣，銷贓的過程遇到了困難，所以他們現在賣不出去。

那個新來的男人過沒多久就離開了，不過男子離開之後，剩下的四人仍然討論不休，其中也夾雜著一些斷斷續續、不清不楚的心聲，直到兩個字的出現，讓老廖的內心瞬間一寒。

『……點睛……』

「幹！」一聽到這兩個字，老廖內心立刻咒罵起來。不會吧？這些傢伙想要幹嘛？別鬧啦！這不是亂搞嗎？最好點睛是你們這些小癟三可以隨便畫一畫的啦！

結果接下來其中一個心聲更是讓老廖聽到頭皮發麻。

『操！不就畫個眼睛嗎！有什麼難的！』

這心聲傳來的同時，看起來就像是四人之中帶頭的男子真的站了起來，離開了一會之後，回來時手上已經拿著一枝筆，並且一步步朝著自己靠近。

不要亂來——！

老廖怒號，但是根本發不出聲音的他，只能眼睜睜看著對方拿筆，點上自己的雙眼。

點上的同時，老廖感覺到雙眼劇痛，他從來都不知道原來鬼魂也會「痛」，而且還那麼痛。

根本沒辦法動的老廖，世界不但頓時陷入一片漆黑，也沒有半點方法可以舒緩這刺骨般的劇痛。

而在不知道經過了多久之後，痛楚才慢慢平息，同時老廖最擔心的事情，也眞的發生了。

點睛等同於將神像給封住，不會讓邪靈入侵，只有神靈的分靈可以降臨。而這個封鎖是雙向的，不讓邪靈入侵，同時也不會讓老廖逃出去。

這些原理老廖非常清楚，畢竟這些就是他們製作好神像之後，特別注重的流程；只是如今是親身經歷，證實了這一切的流程都有它的意義在。

在痛楚過後，老廖立刻嘗試先前在一片虛無之中，稍微可以挪動的手腳，卻發現自己不但沒有辦法有任何的動作，甚至有種被鎖死的感覺。

老廖知道，這下自己眞的徹底被「困」在這個神像裡面了。

如果沒有任何人執行對這個神像驅靈，老廖恐怕得要一直困到這個神像被人損毀，或者是自然腐爛掉才有可能逃出去了……

30

老廖的視線慢慢恢復了，狀況也逐漸好轉，然而心中的怒火與恨意，卻是越燒越旺。

他痛恨這群無恥的人渣，隨便給神像點睛，害他徹底被困在神像中。如果此刻老廖還活著，他想殺人的心情都有了，但是如今他卻只能跟神像一起，坐在那邊什麼事都幹不了。

那天夜晚，眾人都各自回房，就只剩老廖還在忿忿不平之際，一個身影突然摸黑走出房門，來到了老廖面前，老廖認出那是四人中的其中一個男子。

雖然說點睛的人是那個帶頭的男人，不過老廖現在的恨意卻擴散到這四個人的身上。他認爲這四個人都該死，如果可以的話，他眞的很想要對他們四個人做些什麼。

雖然視線沒辦法移動，但是神像裡面的老廖極盡可能地狠狠瞪著男子，希望他們可以得到應有的報應，這時男子的心聲卻突然傳到了老廖的腦海之中。

『那個……雖然我不知道你是什麼神明，但是我想要拜託你，讓我跟艾咪……發展一下。』

雖然這個願望在現實中他根本連說都不敢開口，但是此刻透過心聲卻宛如大聲公一樣，砲轟著老廖的聽覺。音量之大連老廖都嚇一跳，先別提那願望有多猥褻，光是這音量就讓老廖恨不得一拳把這猥瑣的男人給打飛。

許完願望後的男人，轉身回自己的房間，無視老廖還在爲了他的願望而感覺到震耳欲聾。進房前，男子還不忘望向艾咪所在的房間，看得老廖心裡眞的氣到不行。

過了一會之後，雖然那願望的音量逐漸變小，但是卻彷彿回音一樣，一直迴盪在看不見的空間中，久久不能散去；雖然彷彿一直不斷重複播放的錄音般，提醒著老廖他猥瑣的慾望，但是已經不像一開始那樣讓老廖整個腦袋都快要爆炸的音浪。

這時老廖才終於恢復了一點神智，那骯髒的願望讓老廖眞的更火大了。向財神爺求可以上女人？先不要說搞不清楚對象，光是要神幫他上別的女人這件事情，就已經讓人覺得莫名其妙，到底把神當成什麼了？皮條客嗎？

頓時老廖已經分不清楚，這群人到底是亂點睛比較該死？還是對神明許下這樣的願望比較該死了？

氣到不行的老廖不禁捫心自問，難道自己眞的什麼都做不了嗎？就沒有什麼辦法可以教訓一下這些敗類嗎？尤其是這些人已經垃圾到連叫神出手讓他們有報應都覺得會弄髒神明的手的地步，如果能由自己來教訓他們，豈不是替天行道嗎？眞的沒有辦法嗎？

彷彿是在回應老廖的期待與疑惑，在那宛如轟炸般的祈禱之後，雖然痛苦又憤怒，但是感覺好像不太一樣，有種奇怪的力量，就遊蕩在他只有意識的體內。這感覺有點奇妙，但是這股力量似乎可以與老廖的思緒結合，可以透過想法去控制它一樣，老廖希望可以試試看這股力量的功用。

於是在夜深人靜之際，他試著用意念融合的這股力量，去改變自己或屋內的事情。他發現在點睛之後，自己雖然完全被封在神像裡面，更加動彈不得，不過透過這個力量，至少可以稍微改變一點視線，看到原本完全看不到的地方。

這樣些微的改變大大激勵了老廖的心，至少自己有了這麼一點確切的力量可以「做」點什麼，而不是一直眼睜睜看著世界，卻什麼事也不能做。

接下來老廖試圖想要移動屋內的東西，但是幾經嘗試都沒辦法做到。看來這股力量似乎沒有辦法與人世間的物品互動，這也確實讓老廖感到有點失望。

而且這個力量在經過實驗之後，很快就耗盡，似乎需要一點時間才會恢復，但是光是這麼一點進展，已經讓老廖感到振奮。

第二天在這些竊賊們起床之後，老廖的世界又開始吵雜，雖然還是很痛恨這些人，同時也還是想要給這些人一點教訓，但是在昨晚的試驗之後，確實讓老廖心情好了許多。尤其是現在比起先前的一片虛無來說，實在好太多了，至少現在有得看、有得聽，已經讓老廖的「生活」多了一點無趣的娛樂。

經過昨晚之後，老廖發現自己現在聽到這些人的心聲，聽得更加清楚，也是透過這些心聲，老廖逐漸摸清楚這些人的相對身分與關係。四人中的老大，就是亂點睛以及在告別式偷了自己的男人；而艾咪應該就是老大的情人；那個晚上來許願想要上艾咪的是阿祥；最後一個小子阿標則是感覺剛加入沒多久，經常需要幹些跑腿之類的工作。

雖然這些人帶給老廖一點娛樂，但是到頭來老廖覺得自己就像是被強迫看一齣由瘸腳編劇亂編的肥皂劇場一樣，看著眾人無趣又低級的生活，聽著他們沒營養又毀三觀的心聲。

尤其是那個阿祥，眞的就是一條活生生的精蟲，不管到什麼地方，都幻想著在那個地方用什麼姿勢跟艾咪來一炮。而老大則是一直想著要去哪裡找人把老廖給賣了。阿標一直想要受到重視，希望大家可以瞧得起他。至於那個艾咪……人說胸大無腦可能有部分是對的，因爲她幾乎一整天都沒有什麼心聲，偶爾傳來的心聲不是接下來想吃什麼，就是想買什麼。

就這樣聽了眾人一整天的心聲，讓老廖感覺筋疲力盡，不過有些心聲，就跟那天晚上阿祥的心聲一樣，多少給了老廖一點力量，背後的原因老廖也說不清，不過至少他很期待晚上的到來，想看看自己還能幹些什麼。

這麼想著的老廖突然轉念一想，自己聽了眾人一整天的心聲，就好像眾人與自己之間存在著一條特殊的通道一樣。既然有這樣一條特殊的通道，自己能不能……反過來，改變或者是影響他們的想法呢？

有了這個想法，老廖決定放手試試看，只是要改變什麼，老廖一開始想到的就是阿祥夢寐以求的夢想。然而先不要說老廖有沒有辦法辦到，就算有他也絕對不會想要滿足那個淫蟲的願望。

不過順著這個想法往下走，如果自己把阿祥的願望傳達給老大，或者讓老大認爲阿祥已經跟自己的女人有一腿的話呢？

一浮現這樣的想法，已經足以讓老廖感覺自己笑容滿面了。

於是到了晚餐的時間，眾人聚集在餐桌前吃著阿標買回來的便當，老廖開始將這樣的想法集中，然後努力朝著老大傳送這股力量。一開始老廖還在想到底要如何確定有沒有成功，過了一會就看到老大突然停下自己扒著便當的筷子，用怪異的眼神望向阿祥，此刻阿祥正好在偷看艾咪，那模樣完全被老大看在眼裡。

老廖見狀在神像裡面大聲歡呼，並且期待著接下來的騷動，然而結果卻讓老廖大失所望，老大看到之後，並沒有任何動作與反應，繼續低著頭扒飯，晚餐也就這樣結束了。

失望之餘老廖也想到問題可能出在自己，他剛剛傳送給老大的想法，是阿祥肖想艾咪這件事情，就算老大真的接收到這樣的想法，也看到了阿祥偷看艾咪的模樣，但是愛慕大嫂這件事情好像也不是死罪，似乎也不是什麼必須立刻發飆、一定要處理的情況，這時候拍桌怒斥似乎反而顯得老大很無理，連手下多看一眼大嫂也要發火。

因此有這樣的結果，似乎也是理所當然的事情。

了解自己可能犯下新手錯誤的老廖，決定改變一下做法，看看能不能讓老大「認爲」其實兩人已經有一腿，甚至有沒有辦法讓老大以爲自己親眼看到兩人的姦情？

各式各樣的可能性讓老廖充滿了期待，不過今晚在將想法傳送給老大的時候，已經讓老廖覺得自己力量耗盡，因此沒辦法立刻嘗試這些想法。

沒關係，來日方長。

被困在這裡面的老廖，除了時間還眞的是什麼都沒有，所以他有的是時間可以慢慢玩。

這一天就這樣結束了，然而隨著老廖心中有所期待，這漫漫長夜似乎也不再那麼難熬了，日子也變得愉快許多，老廖不再整晚怨天尤人充滿怨恨，而是期待著接下來的日子。畢竟身分一瞬間從觀眾變成了可以引導眾人的導演，那種樂趣不言可喻。

接下來的幾天，老廖計畫多累積一點力量，拿這群死不足惜的竊賊來看看自己到底能做些什麼，簡單來說就是把這些傢伙當成白老鼠來好好實驗一下。

遺憾的是計畫永遠趕不上變化，除了老大似乎連絡上了幾個可能的買家之外，老廖還透過老大的心聲，知道老大打算把阿祥趕走，趕去另外一個角頭那邊。

這雖然讓老廖證實了自己的力量果然有效，但是也讓他不得不加快實驗的腳步。因為他說什麼也不希望看著這些人沒得到半點教訓就把自己給賣走。

於是這天晚上，老廖看準了艾咪去洗澡的時機，再度用這幾天累積下來的力量，打算看看能不能讓老大產生幻覺，或者是催眠都可以，總之只要能讓他以為阿翔跟艾咪正在浴室裡面鴛鴦戲水就可以了。

老廖集中精神，然後將這樣的想法透過力量朝老大傳送過去。

傳送過後，果然過不了多久，老大就一臉鐵青地走出了房間，筆直朝浴室而去。來到浴室門前的老大，並沒有一腳將門踹開，而是輕輕地將門打開。

雖然已經沒有了呼吸的能力，但是老廖仍然屏息以待，期待著即將到來的衝突場面。

結果卻又讓老廖大失所望，老大鐵青著臉將門帶上，然後回到房間裡面。

不只如此，期間老廖完全沒有聽到半點老大的心聲，似乎老大回房之後就睡覺了。

這結果讓老廖知道自己失敗了，果然要讓人產生幻覺或者是誤會還是有點困難，或者是自己沒有弄清楚該怎麼搞，畢竟這股力量對老廖來說，是全新的體驗，一切都還在摸索中。

不過失敗就是失敗，老廖已經將這幾天蓄積的力量全部投入實驗，再也沒有半點力量去搞怪了，只好接受這樣的結果。

誰知道當天晚上到了夜深人靜之際，老廖還在爲自己的失敗嘆息不已時，老大卻不聲不響地從房間走了出來。

上半身打著赤膊的他，逕自走到了廚房，等到再度回到老廖視野的時候，手裡已經多了一把水果刀。

這讓原以爲失敗的老廖，再度振奮了起來，同時也不自覺地感到不安，因爲他沒想到事情會演變成如此嚴重的後果，原本以爲雙方會大吵一架，然後分道揚鑣之類的，卻沒想到老大竟然會用如此極端的手段。

老大走進阿祥的房間，雖然離開了老廖的視線，但是老大與阿祥的心聲卻讓老廖宛如聲歷其境。

『敢偷大嫂！我要閹了你！』

『啊——！幹——！爲什麼！』

老廖從來不知道原來心聲也會哀號，至於現實中，想必阿祥也發出一樣淒厲的慘叫聲，因爲艾咪與阿標都衝出房間，跑向阿祥的房間。

眾人全部跑進阿祥的房間，但是老廖聽到的心聲卻是源源不絕，只是因爲大家一起傳過來，老廖反而聽不清楚個別到底在說著或想著什麼。

直到一團混亂後，一個女子心聲清楚地傳出來。

『他發瘋了！不要！不要殺我！』

老廖內心一凜，難道說老大竟然連艾咪都不放過？

這讓老廖頓時浮現出一點愧疚，畢竟他很清楚艾咪什麼也沒做。

不……她跟這樣的人渣在一起，這也算是她自找的。

老廖這麼安慰著自己。

『怎麼辦？我該怎麼做？該勸老大嗎？該……啊——』

原本猶豫著自己到底該怎麼做的阿標，最後卻中斷在驚呼之中。

老廖猜想老大應該眞的下手殺了艾咪，正當這麼想的時候，卻突然又聽到了艾咪的心聲。

『爲什麼……爲什麼要這樣對我……我不甘心！我死也要帶你走！』

艾咪的心聲宛如怒號般湧來，即便很可能已經慘遭毒手、身受重傷之類的，但是那心聲卻是中氣十足、充滿怨恨。

這怨恨的心聲，讓老廖倒抽了一口涼氣，他不知道原來心聲這種東西，也能蘊含這麼強大的情緒。

接著陷入了一片平靜，過了一會之後，才聽到老大虛弱的心聲。

『幹……妳這女人……竟然……』

老廖大概猜到情況了，在死之前，看來艾咪實現了她帶著老大一起走的想法。

老大的心聲過後，世界陷入了一片死寂。

過了不知道多久後，一個虛弱的心聲傳來。

『怎麼辦？怎麼辦？怎麼辦？怎麼辦？』

在一連串的自問後，阿標踉蹌地走出阿祥的房間，渾身是血地回到老廖的視線之中。

在經過一陣猶豫與掙扎之後，阿標選擇報警，並且在心中把剛剛的景象重新描繪了一遍，以便釐清等等要告訴警方的說詞，同時也讓老廖確定了剛剛所發生的事情。

老大因爲懷疑阿祥偷吃大嫂，所以在半夜拿刀將阿祥的下體砍爛，兩人聽到阿祥的慘叫聲之後，跑到了阿祥的房間，看到殺紅了眼的大哥，兩人一起阻止。但是艾咪阻止的模樣讓老大認爲她是捨不得阿祥，於是捅了艾咪幾刀。艾咪抵抗之下，將刀子奪下，原本還以爲艾咪已經不行了，氣還沒消的老大抓起愛咪的頭痛罵，卻想不到反而被艾咪趁隙刺了幾刀，血流不止的情況之下，很快就失去意識。

這一晚，雖然結果比老廖想得還要更好，但是老廖卻因爲事情鬧得那麼大而感受不到那股成功的興奮，反而感到不安與恐懼。一直到警方前來處理，將三人遺體都運走，整個世界只剩下老廖自己的時候，那內心的狂喜才逐漸浮現，在無人的夜裡高聲歡呼著自己的成功。

31

雕了一輩子的神像，老廖發現自己到頭來好像完全不了解神像。

在竊賊那邊，老廖很驚訝事情竟然會演變成那樣，雖然沒有什麼證據證明自己的力量眞的可以影響到老大的，但是事情確實朝著老廖所期待的方向去走。

最後他們自相殘殺，讓老廖看得十分高興，也驚覺自己好像有點什麼，然而眞正讓老廖意外發現，原來自己眞的好像可以做很多事情，應該還是屬於下一個停靠站——麻將館。

在經過了黑市的買賣之後，老廖最後被一個不懷好意的老闆給帶回去。

一開始不得不說，老廖覺得這裡簡直就是人間煉獄，而且有種諷刺的感覺，自己當初打造這個神像，就是爲了提醒與告誡世人，不應該利用財神爺來讓自己中獎、發財，而是應該以感恩的心情，去好好循正規的管道賺取自己應得的財富。

結果卻打從一開始就被竊賊盯上，打算賣掉神像來賺錢，現在又被賣到了麻將館，直接在裡面供著，讓這些賭徒經過都可以好好祈禱一下讓自己牌運旺，大賺一筆橫財，幾乎可以說正好與老廖打造這尊神像時所期待的相反。

在經過了上一個場所的經歷後，老廖把自己體內出現的這股力量，稱之爲「神力」。而雖然說對於這個場所，老廖內心十分排斥，但是這裡卻也是老廖開發「神力」最理想的地方，不要說每一局麻將開打的時候，總會有人朝自己望一眼，然後就丟個『來個好牌吧』之類的禱告，光是特別走到自己面前，先拜幾下然後才上桌的也大有人在。

只要有祈禱，那聲浪就會襲擊老廖一次，明明沒有耳朵，但是卻必須忍受這直鑽腦部的聲浪。一開始來到麻將館，光是這些聲浪，就足以讓老廖痛不欲生，想要一死了之。

然而就好像鳥山明的《七龍珠》裡面，賽亞人才有的特性，只要不死就會更強壯一樣，每次忍受過這樣的痛苦，老廖就覺得自己體內的神力更加提升。

就這樣被淹沒在發財的許願聲之中，老廖在痛苦之際，神力也與日俱增。

而老廖也發現自己能做的事情，似乎越來越多了。

既然自己已經承受了那麼多痛苦，自然也需要好好「回報」一下這些信徒。

老廖一開始玩的是先前在竊賊那邊的那一套，擾亂這些賭徒們的心思，或者是讓他們錯亂丟錯牌之類的，這些都十分順利。

像是其中有一對夫妻，會來這間麻將館，單純就是興趣，對於贏錢沒有多少渴望，每每經過老廖面前時，也不曾對老廖許什麼願，甚至讓老廖覺得好像有點不屑一顧。於是老廖就試圖改變他們的想法，不斷讓他們想著要靠賭博來賺大錢，而且還要完全相信自己，就是真的財神爺，會幫助他們發大財。

結果試沒幾次，兩人果然每次經過的時候，也跟那些賭徒一樣會祈禱自己讓他們贏錢。

除此之外，還有一個人整天輸錢就一直怪老廖沒有保佑他，讓老廖非常不爽，於是整晚就一直讓他打錯牌，甚至最後還詐胡，不但賠錢還要被大家嘲笑。

雖然說老廖玩得很開心，但是實際上，這些與先前在那些竊賊那邊所做的事情差不多，讓老廖覺得意猶未竟。

說穿了這些都是過去就會的東西，不算是新技能，老廖希望看看自己的神力可以發揮到什麼地步。

由於老廖經常聽到大家都希望自己可以摸把大的，老廖也不禁在想，自己到底能不能夠做到？

於是，老廖決定試試看。

老廖挑選了一個讓他覺得很厭煩的男子，當作這次實驗的對象，跟那對夫妻相反，這男子整天只要經過老廖面前就會拜一下，然後用心聲轟炸老廖一次。即使只是上廁所經過，也要拜一下，一個晚上下來，常常都經過將近十次，讓老廖不堪其擾。

如果說只是這樣那也就算了，男子最誇張的，即便在牌桌上也要不時跟老廖傳達自己的心聲，希望摸到什麼啦，或者是希望不要放槍啦之類的。聽著男子這三不五時就要傳來的心聲，老廖不免心想，有你那麼煩的信徒，如果財神爺眞的要顧，顧你一個人就飽了！哪有時間去顧別人？

所以在決定試試看的時候，老廖第一個想到的就是他。

這時男子的那一桌剛好結束一局，正在開始洗牌，老廖開始將自己的力量融入自己的想法之中，然後朝著那一桌集中。

洗完牌後，大家開始堆牌、擲骰，接著輪流拿牌、補花，以流程來說，現在只要等莊家的男子丟牌，整局麻將就開始了。

然而，被鎖定成爲實驗對象的男子，也就是本局的莊家，卻是瞪大雙眼死命盯著自己的牌，遲遲沒有丟牌。

其他人見狀，有點不耐煩地說：「怎樣？牌太好不知道該打哪一隻嗎？」

「是有沒有那麼菜？」

男子臉上有點五味雜陳，看了看其他三家之後，才用有點顫抖的聲音說：「我胡了！」

一攤牌，果然是已經胡牌的情況，這讓眾人驚呼連連，許多人都跑過來看，記錄下這難得的一刻，就連麻將館的老闆也跑過來看，確定眞的是「天胡」之後，還跟大家說這是他麻將館第一次遇到有人天胡。

當然這熱鬧的反應是其他桌湊熱鬧的人，至於其他三家則是一臉鐵青、面色凝重。

老廖看著自己實驗開花結果，內心已經爽到不行，尤其是聽到眾人不斷湧來的心聲，更是讓他整個人飄了起來。

在這些心聲中，有些人認爲不應該胡這種牌，胡的人可能會出事之類的迷信想法。另外也有人認爲眞的是店裡面的財神爺保佑，才會開出這樣的牌。這話也讓老廖聽得飄飄欲仙，感覺自己似乎眞有這麼幾分像是眞正的神明一樣。

當然，老廖並沒有就此收手，他不打算讓這樣的幸運散播在所有人身上，而是繼續鎖定那個整天把他煩個半死的男子。

賭博是零和遊戲的最佳註解，絕不可能出現所謂的皆大歡喜，所以當這人不斷胡牌的同時，同桌的其他人也越來越不悅。

在男子再次胡牌之後，其中一人已經完全受不了，直呼：「這會不會太誇張啊？」

這時就連其他桌友人都已經索性不打了，直接圍著那一桌看。

不過大部分的人對於男子一直胡大牌，都沒有太正面的想法，大多都認爲這很邪，這一桌晚上肯定會出事。

聽得老廖暗爽到不行，心想：「啊，不是整天跟我說想贏，讓你贏個飽啊！」

想不到自己眞的能靠「意念」，就像出老千那樣，讓人好牌連連。這讓老廖對於自己的神力所能做的事情，感覺到興奮不已，甚至開始懷疑起信仰中的神明。

媽的！該不會每個財神爺其實都是這樣吧？或許世界上根本就沒有什麼神明，而是跟自己一樣，被困在神像裡面的鬼魂，然後隨著信徒越來越多，神力就越來越強大。

這晚老廖感覺自己眞的打開了這一扇門，一扇通往神仙之路的大門。

至於那種胡很邪門的牌會出事這種話，老廖根本沒放在心上，畢竟他很清楚那是自己搞出來的。

這晚，老廖就一直對著那桌投射神力，直到自己的力量耗得差不多，而牌局最後也在男子一人大贏、其他三家慘賠的情況下收場。

對於今晚的實驗，老廖十分滿意，甚至認爲自己如果有天眞的信徒滿天下，那麼今天就是自己封神之日。對於神力可以運用到這種地步，完全超乎了老廖的預料之外。老廖在想著，或許自己眞的該把這個變成一個事業，讓自己眞的變成一個財神爺，似乎也不錯……

不過這樣的陶醉與想法並沒有持續太久，第二天一大早，警方出現了，透過警方與老闆的心聲，老廖得知，原來昨天那個一直胡牌的客人，因爲被質疑出老千，所以當晚回家路上被同桌輸慘的客人給砍死。

消息很快就傳開來，雖然老闆沒有說，但是消息卻在客人之間傳開來。

原本一開始老廖也眞的有點內疚，不過在聽著大家心聲，大多是認爲男子不應該胡那麼邪門的牌之後，自己也跟著這麼想了起來，甚至還跟著大家一起責怪男子。

活該！自己胡不起那個大牌，就不要在那邊禱告。

在平復了自己的內疚感之後，他把這起事件的責任，怪罪在那些輸不起以及贏不起的人身上，跟自己無關，因此老廖決定繼續自己的實驗。

當晚最熱烈的話題，就是胡那種邪門牌會慘遭不測。由於眞的發生了慘案，讓很多當天的客人都有點不安。這時老廖發現其中有一個客人，心中對這種事情感覺到十分恐懼，但是從動作神情看來，都像是在安慰別人或者是指責別人太迷信之類的話，讓老廖看了覺得好笑。那人甚至還在上桌之後，內心想著今晚就算輸也好，總之今晚過後別再來了，換一家麻將館。

老廖當然不能放過這個可能是最後一次的機會，甚至一開始就給他來個猛的，讓他心中越怕什麼就越拿什麼牌……

可惜的是，這一晚的騷動遠比自己想像還要小，因為那個被他選中的可憐蟲，摸到一把天胡大三元，連胡都不敢胡，立刻逃回家。

後來第二天早上，警方又再度前來，原來那個可憐蟲，竟然嚇到在家裡寫了遺書之後，上吊自殺了。說什麼與其在這裡等待不幸降臨，不如自己親手了結。

這個結果讓老廖啞然失笑，當然也不忘記嘲諷一下死者，玻璃心、膽小鬼。

然而接連兩起案件，沒有讓老廖收手，不過讓他知道，一次給對方天胡這種大牌，似乎真的會把人嚇跑，他決定收斂一點，改變一下自己的手法。

老廖看上了一桌，有一個長得凶神惡煞的新客人，老廖很故意挑選一個看起來很瘦小的中年男子，讓他連贏，他想看看會發生什麼事情。

這一次老廖讓瘦小男胡的牌型都很小，但是卻一直連胡。一路連胡了十八把，結果那個凶神惡煞的男子，真的按耐不住，立刻翻桌打人，麻將館瞬間大亂。

所有人都是一臉驚慌失措，只有老廖一個人在神像裡面因為一場好戲而樂不可支。

結果這場騷動引來了警方，更出人意料之外的是，出手打人的傢伙竟然是通緝犯，當場被警方帶回。

更讓老廖意外的是，由於接二連三的事情，麻將館也被因此勒令歇業。後來老廖從一個回來收拾東西的人心中得知，那個被抓回去的通緝犯，是角頭的老大，結果他的小弟不滿老闆疑似出千，害老大被人抓，最後找人將老闆給作掉。

看來麻將館眞的要被荒廢了，老廖這下也感覺到自己這次似乎玩得有點過火了。如今麻將館倒了，自己可能得要在這個歇業的麻將館裡面，待上很長一段時間了。

想不到幾天後的一個夜晚，事情有了轉變。

在麻將館的這段時間裡面，老廖常常聽到許多心聲，大多都是抱怨牌不好啦，或者是怨天尤人的東西。

『我怎麼能那麼倒楣！』

『幹！雞巴咧！才丟三筒又來三筒！』

類似這樣沒營養的想法，整天轟炸著老廖。

然而有一對夫妻檔，讓老廖有點印象，也勾起他的好奇。

不管輸贏他們夫妻倆的心聲，都很隨興，就是把輸贏看得很開的那種。

這讓老廖有點好奇，到底這樣的人，是不是眞的可以抵抗這樣的誘惑。

所以又用了在竊賊家中的那套，一直對夫妻倆說，財神爺是眞的，如果可以發財的話會有多好之類的話，想要勾引出他們的貪念。

當然，這個只是單純的社會實驗，想看人的內心是不是眞的可以被這樣操弄，將原本穩固的價值觀給打碎，只是實驗性質，沒有什麼太大的惡意，比較可惜的是得不到實驗結果，當時的老廖是抱持著這樣的心態與想法。

只是想不到最後竟然成爲自己逃離麻將館的車票，那對夫妻趁夜摸入麻將館中，將老廖打包帶走，離開了麻將館。

32

帶走老廖的，正是小蔣的雙親，而老廖也很快就得到了他在麻將館對夫妻倆實驗後的結果——小蔣的雙親真的變得偏執。

他們甚至開始做著靠賭博致富的夢，並且完全相信老廖就是真的財神爺，絕對會保佑自己靠賭致富。

於是夫妻倆將目光鎖定在最簡單、而且合法可以一夕致富的標的物上——樂透彩券。夫妻倆完全不想浪費時間，一股腦就把多年的積蓄全部領了出來，然後投入樂透之中。

看到兩人瘋狂宛如中邪般的模樣，不只有嚇到了小蔣與小蔣妹妹，也讓老廖後悔不已，也很害怕當這個幻想破滅之後自己的處境。所以這一次，老廖在擔心自己安危的情況之下，不得不想辦法希望可以幫助夫妻贏得大獎。

然而想要改變這樣的結果，所需要的神力，完全不是老廖所能想像的，老廖盡力了，但是中樂透頭獎這種事情，很顯然還需要更強大的能力，最後只中了三獎。

這樣的結果讓小蔣爸爸十分惱火，因爲他們畢生的積蓄全部投下去，連同小蔣跟他妹妹兩人未來的學費什麼的也全部都賠了進去。

小蔣爸氣得要將老廖大卸八塊，還好一旁的小蔣媽及時攔阻，才沒讓悲劇發生。小蔣媽提議，把三獎領出來的錢，再全部博進去一次。如果這次沒中，再把老廖的神像給大卸八塊。

情況演變至此，已經不是你死就是我活的事情了，老廖眼看自己即將被大卸八塊或十六塊，知道自己不足以讓人中頭獎，三獎顯然也沒辦法滿足對方，如果想要「活」下去，勢必要改變策略。

到了開獎那天，老廖想到了一個辦法，雖然不知道可不可行，但是他也是賭上了，他的神力沒辦法讓人中頭獎，但是能不能讓人以爲自己中頭獎？就好像當時在竊賊家的時候，對那個老大做的一樣。

在老廖的嘗試之下，他成功了，夫妻倆眞的以爲自己中了大獎，並且還不斷在老廖前面又跪又拜。興奮之餘本來小蔣媽還想要把這個消息告訴全家，不過小蔣爸建議確定兌現之後再跟兩人說。

雖然成功了，但是老廖非常清楚這成功絕對是短暫的，因爲他不可能催眠全世界的人，讓大家認爲這張彩券中了頭獎。

老廖知道自己必須在這之前阻止他們夫妻倆，擔心夜長夢多的老廖，決定當晚就動手，於是他又再度使用在竊賊家裡面對那個老大使用過的伎倆。

不只如此，老廖知道自己必須設定一個目標，除了造成兩人矛盾之外，他還需要毀掉那張彩券，於是老廖設定了一套劇本——讓媽媽認爲爸爸不但外面有小三，還打算帶著彩券跟小三遠走高飛，於是媽媽一氣之下，將中獎的彩券給燒了。

計畫很完美，可以讓兩夫妻矛盾，同時還能毀了那張彩券，至於這家的下場，老廖已經管不了那麼多了，然而，這一次跟上次一樣，並沒有照著老廖的計畫進行。

當晚，在一場惡夢驚醒過來的媽媽，發現床邊的老公不見蹤影，迷迷糊糊下床，發現浴室的電燈是亮的，靠過去之後發現老公在浴室裡面講電話。

內容大概就是自己中獎，但是不想要分給老婆，而準備要害死自己。

媽媽聽了強忍悲痛，並且決定先下手爲強，她到廚房拿出菜刀，回到浴室發現老公已經回房，並且躺在床上安穩地睡著。

於是她高舉菜刀，在老公毫無掙扎的情況下，大砍了數十刀，老公瞬間喪命。回過神來，意識到自己鑄下大錯的媽媽，決定放火燒了房子，全家一起死。

大火瞬間蔓延，老廖發現自己眞的是一步錯、步步錯，爲了保住自己的神像與性命，雖然說運用神力讓媽媽產生幻覺，殺了爸爸，但是媽媽決定放火這件事情，完全出乎老廖的意料之外，結果更是讓他難以承受。

大火吞噬小蔣家，原本看到大火慢慢逼近，老廖還期待大火將神像燒毀，這樣自己就可以逃出去了，誰知道大火沒有徹底燒毀神像，因爲神明廳裡面，沒有足夠的可燃物，反而成爲小蔣家唯一幸免於難的場所。

然而高溫火烤之下，還是讓神像變得焦黑，更慘的是，這過程老廖完全感受到那種火燒的痛苦與劇痛。

這讓老廖十分不理解，明明搬動神像的時候，自己沒什麼感覺，怎麼大火燒的時候，自己彷彿親身經歷一般。

而且劇痛讓他意識潰散，這段時間鍛鍊出來的神力，似乎也隨著大火被燒得消散。

而老廖自己也只剩下一些若有似無的意識還漂浮在神像之中。

33

火災的那一晚，老廖感覺自己的魂都去了一半。他完全想不到大火會如此恐怖，他整個人的意識都模糊了。

在那之後到底發生了什麼，老廖不是很清楚，中間彷彿有感覺到神像被人移動過，但是老廖卻完全沒有辦法像過去那樣看著與聽著。

大火重創了老廖，更重要的是，大火產生的劇痛與這次差點魂飛魄散的教訓，在老廖的心中，留下了難以抹滅的陰影。

過了不知道多久之後，老廖的意識才重新凝聚，慢慢恢復過去的感覺。

然而……

等到老廖恢復了意識，跟過去一樣重新透過神像去感受外面的世界時，他注意到自己又來到了一個全新的環境，然而看到這個新環境，老廖心都涼了。

原本還以爲麻將館就是自己最糟糕的地方了，但是看著眼前的環境，老廖知道自己錯了。

眞的嗎？彩券行？

老廖已經可以想見自己未來的日子，可能會被吵到精神崩潰，完全沒辦法有片刻寧靜吧？

老闆將老廖請到店裡面來，目的就是希望可以生意興隆。

透過老闆宛如碎碎唸般的心聲，老廖知道這家彩券行的生意似乎不太理想，常常門可羅雀，關於這點老闆將這怪罪在附近開過大獎的幾個彩券行。

在經過如此一小段時間的相處，老廖就覺得這個老闆不是什麼好人，如果照他先前當神明的脾氣，說不定早就弄死他了。不過在上次火吻之後，老廖是眞的怕到了。他不敢亂來，擔心再次玩火自焚，把自己燒到差點魂飛魄散。

在那之前，老廖還天眞地想著如果神像被摧毀，自己說不定反而解脫，可以逃出去；不過現在老廖完全不敢冒這個險，擔心神像還沒被摧毀，自己就已經灰飛煙滅了。

因此老廖不敢胡來，像現在這樣能夠平靜地待在神像裡，對老廖來說，就已經是種奢侈了，也因爲這樣，老廖度過了一段平靜的日子。

在這幾天中，老廖意外發現這家店的生意還眞的不是普通的差，不是什麼門可羅雀，而是眞的毫無生意上門。不過對老廖來說，這店不是他開的，自然不需要擔心虧損，只是因爲沒有生意得要被迫聆聽老闆那些抱怨與碎唸，確實很煩人。

然而……老廖也意外的發現，自己的力量似乎也隨著意識恢復之後，正在逐漸累積中。

就這樣過了幾天，透過老闆的心聲，老廖得知威力彩已經連續累積了很多期的彩金，今天開獎前應該會有一波買氣。

果然到了傍晚，就有一個年輕人走了進來。透過老闆的心聲，老廖知道這年輕人也是這家彩券行的常客，只是不知道爲什麼，有陣子沒來光臨了。

對老廖來說，這是老廖來到這間彩券行後遇到的第一個客人，接下來可能發生的狀況老廖也大概猜到了。他會買彩券，然後極有可能對著自己祈禱一番。如果在過去，以老廖的脾氣肯定會給這個年輕人一點小小的教訓，不過現在的他打算徹底無視。

年輕人的心聲斷斷續續傳到老廖的腦海之中，不過因爲思緒極爲混亂，所以老廖一時之間也不太懂聽到的內容是什麼。接下來年輕人似乎下定決心，向老闆開口，老闆立刻開始動作印彩券。

過一會之後這個年輕人，彷彿受到了老闆的慫恿，將視線轉移到自己的身上。

看到這一幕，老廖大概在心裡也有底了，這傢伙一看就是財迷心竅的樣子。就在老廖這麼想的同時，年輕人的確出手摸了神像，而年輕人的心聲，也傳到了老廖的耳中。

『——就交給你決定了，財神爺。』

「啊？」

老廖傻了，打從自己可以聽到他人心聲以來，所有人的心中想的不是錢就是性，跟神明的對話都是充滿私慾，像這種隨緣交給神明決定的想法，老廖還真從來不曾聽過。

這讓老廖不太能夠相信，因此老廖不惜動用神力，更加用力想要聽到這個年輕人心中真正的想法……

這不聽還好，一聽之下不得了，這下好笑了。

想不到當老廖用神力撥開層層心防、突破重重阻礙之後，總算聽到了年輕人最深處，甚至很可能是連他自己都沒有意識到的想法後，這年輕人的心中眞正的願望——竟然是希望自己沒中，最好是連一個號碼都不中。

這下老廖眞的折服了，想不到這人世間竟然還有人買樂透不希望自己中獎？

這年輕人如果不是瘋了，就是智障！

就在老廖還在為眼前這個年輕人而感覺到驚奇時，年輕人離開了彩券行，不過在門口，彷彿就跟人起了爭執，他被自己的老婆給罵倒了。

透過聆聽兩人內心的心聲，老廖也終於了解到事情的原貌。

原來這個年輕人叫做陳恩典，希望可以透過這次彩券，來決定自己是否要轉職，而透過他的心聲，老廖也知道這男人有時候眞的就是需要人家推他一把。

這完全符合老廖心中當初打造這尊神像的想法，一個希望可以腳踏實地賺錢的人，來祈求財神爺的幫助。他不是要財神爺讓他變得富裕，而是要財神爺推他一把，讓他可以毅然決然去實現自己的夢想。

老廖頗為感動，於是在被困在神像那麼長的時間之後，老廖終於想要做一次，跟神一樣的事情。

雖然不知道自己能不能做到，不過這可是第一次，老廖眞把自己當神明，想要實現信徒的願望。

老廖專注想著，希望自己可以實現恩典的願望，最後在滙集好這樣意念之後，將它投注在恩典的身上，就好像當時他在麻將館跟竊賊家裡面所做的事情一樣。

老廖並不知道自己有沒有成功，更不知道這個意念在接下來，會引起多麼大的一場恐怖風暴，但是今天，老廖第一次有了自己眞的是個好神明的感覺。

34

在幫忙恩典完成願望後的第二天，彩券行發生了一件離奇又恐怖的事件。

在彩券行剛開門沒多久之後，彩券行的老闆不知道爲什麼跑了出去，回來之後臉色鐵青。

透過老闆的想法，老廖知道那天那個在門口跟恩典吵架的女人，是恩典的老婆。老廖更進一步得知，原來那天買完彩券之後，恩典回家就被老婆所殺，而老婆最後畏罪跳樓。

想不到自己人生中第一次想要爲信徒實現願望，讓老廖感覺到有點無言，更是無法想像與理解。

而就在老廖還搞不懂爲什麼會發生這樣的遺憾時，老闆接下來的想法更讓老廖感覺到不寒而慄——老闆竟然開始懷疑自己的身分。

打從老廖被吸入神像之後，面前的人幾乎沒有任何人質疑過自己的身分，更沒有懷疑過自己是不是眞的財神爺，頂多就是靈不靈而已，像老闆這樣懷疑的人還眞沒有遇過。

結果在老闆查詢之後，這點雖然老廖完全無法理解，但是老闆竟然認爲自己不是眞的財神爺。雖然說自己這次確實下了些重手，讓財神爺變得比較嚴厲一點，但是到完全沒有辦法認出來，也太誇張了點。

雖然老廖不太能夠理解，但是老闆最後還是決定將老廖給送走。

老闆將老廖包起來，正準備出門的時候，兩個盜匪闖入彩券行。

然而兩人的目標卻不是錢財，而是老闆的命。

老廖被摔到了地上，眼睜睜看著老闆慘死在眼前，而後兩個盜匪也消失得無影無蹤。

對於眼前發生的慘案，老廖確實有稍微被嚇到，但是還是覺得老闆也算是罪有應得，只是那兩個盜匪……似乎給自己的感覺有點怪怪的，一時之間老廖也說不上來到底哪裡怪。

後來經過的路人發現了老闆的死狀，趕緊報案，整個彩券行頓時掀起一陣騷動，鑑識人員跟警方出出入入。

在調查告一段落之後，有個好心的警員將老廖從地上放回到櫃檯。

警方這邊一直忙到了三更半夜才離開，警方離開後，關上了燈，不過鐵門並沒有關起來，只有將大門上鎖。街上的路燈仍然透過落地窗投射進來，不至於陷入一片漆黑。

對於今早的搶案，老廖還是有些地方覺得詭異，那些盜匪感覺眞的怪怪的，兩人都是老廖完全沒看過的模樣，但是……該怎麼說，他們兩人渾身散發出很詭異的氣息。

而就在老廖這麼想的時候，彩券行裡面有了一些奇怪的變化。

幾個身影無聲無息地從地板緩緩浮現出來，而且每個都面對著老廖。

這些人中有三個他認識的面孔，一個是恩典，一個是恩典的老婆，而另外一個就是這家彩券行的老闆。至於另外兩個，似乎就是早上闖進來的盜匪。

這下老廖終於知道爲什麼他會覺得那兩個盜匪有點怪怪的，因爲他們根本就不是活人，而是跟神像裡面的自己一樣，是個鬼魂。

雖然知道了這點，但是老廖不明白的是爲什麼眾人會出現在自己面前？更不解爲什麼要這樣包圍自己？

接著，彷彿是要回答老廖的問題一樣，這群鬼魂不知道用什麼方法，讓老廖瞬間看到了這段時間所發生的事情。

老廖看到了一張沒中獎的彩劵，引發了夫妻間的爭執，也看到了老婆殺了老公，更看到老婆跳樓自殺，連鎖反應後又分別去殺害了高中同學與彩劵行的老闆。

老廖做夢也沒想到，一張中了頭獎的彩劵也就算了，爲了一張連一個號碼都沒中的彩劵，竟然也能引發如此連環的慘案。更沒有想到，自己死後第一個善意的祝福，竟然會演變成這麼恐怖的效應。

了解這一切的情況之後，老廖後悔不已，他知道自己不該假裝神那樣，隨便改動人的命運。

如果可以的話，他絕對願意跪地求饒，偏偏他現在真的什麼都不行，只能不斷把歉意與懊悔，化成意念傳送出去。

還好，不知道是自己親手打造的神像還有這麼些威嚴，讓這些鬼魂不對他動手，還是這些鬼魂接受自己不斷送出的歉意，總之，那晚最後，在老廖如果還活著已經不知道尿濕褲子多少次之後，包圍的鬼魂逐漸消失。

黑夜中空盪盪的彩劵行裡面，只剩下老廖與他親手打造的神像還佇立在其中。

35

大難不死，必有後福。

這句話很顯然不適合套用在老廖身上。

在被鬼魂包圍後沒幾天，彩券行老闆的兒子找來了一個師父，似乎就是要處理自己。

對於已經習慣不停轉換環境、隨波逐流的老廖來說，已經見怪不怪了，然而就在老廖還在想著自己又不知道這次會被送到哪裡的時候，那位師父竟然開始唸經，而且這一唸就讓老廖深知不妙。

每一句經文，都好像讓自己的身體被人撕扯，彷彿就像是體內有什麼東西一直不斷在撐開，要把自己撐爆一樣。

這傢伙是要弄死我，讓我永世不得超生嗎？老廖嚇到心中浮現出這種電影才會出現的台詞。

實際上到底怎樣，其實老廖也不知道，但是光是那些經文在體內就好像有刀片在流竄一樣，渾身劇痛，整個人快撐開的感覺，就足以讓老廖感覺到自己眞的會魂飛魄散了。

雖然製作了一輩子的神像，心中也對神明有著無比敬畏的心情，但是對於這些宮廟與師父，老廖卻從來不曾打從心裡尊敬過。即便他們大多都是自己的客戶，但是對於現在廟宇那種唯利是圖，或者是道貌岸然的模樣，早就已經看得太多了。說實在的，他從來不認爲這些師父有什麼眞材實料，只是打著神明的招牌，趁機討口飯吃罷了。

但是現在老廖知道自己錯了，而且錯得離譜，想不到這些傢伙唸的經文，竟然有如此強大的效力，讓過去總覺得這些師父都是靠自己打造的神像才有辦法匯集信徒的老廖，知道自己還眞是不知天高地厚啊！

可是現在絕對不是感歎的時候，再這樣下去自己恐怕眞的要玩完了，而且這次很可能連佛祖的臉都見不到了，而是眞的徹底消失，連意識都不在了。

在被困在神像中的這段時間裡面，好幾次的體驗都讓老廖感覺到生不如死，甚至想過如果要這樣被困在裡面永無止盡，不如將自己徹底消滅、消失來得好。然而如今眞的面臨到要被消滅的命運，老廖還是忍不住想要活下去。

不過面對經文的攻勢，老廖什麼都做不了，那些曾經用過的手段，在這個時候都派不上用場。跟火燒的那次不一樣，如果眞要讓老廖來形容，火燒神像那次感覺像是外傷，痛楚就好像以前活著的時候，皮肉傷般的痛苦。而這次的經文卻像是內傷，好像整個人都不對勁，不管是力量還是意識，都隨著經文而來感到無力與模糊，兩種雖然感受不同，唯獨痛苦卻很一致。

而且跟先前的狀況完全不同，過去每每感受到痛苦之際，老廖都會覺得自己的力量在增強；但是這次剛好完全相反，每一波的經文都讓自己感覺到力量彷彿被海浪沖刷而過，變得虛弱不少。

過了不知道多久，好不容易熬到經文結束，老廖覺得自己如果眞的有三魂七魄，大概只剩下一魂一魄了，就眞的只剩下彌留的意識，還殘存在神像之中。

在經文的轟炸過後，老廖終於得以喘一口氣，不過內心的驚恐與慌張卻逐漸高漲。他知道如果再來一次自己恐怕眞的會被消滅，他感覺到前所未有的恐懼。

老廖不願意就此被消滅，他不想「死」，他想繼續活下去，那怕是被困在神像裡一輩子也要。

除了害怕被消滅這件事情之外，他也感到憤怒，一個不知道打哪來的師父，突然就對著自己狂唸經文，就好像走在路上突然被人揍了一頓一樣，老廖的憤怒也不斷高漲。

就在這兩股強大的情緒加持之下，老廖發現自己剛剛被洗去的力量正在逐漸恢復。有了力量，老廖知道自己就有一線生機，可以改變現在的劣勢。

然而情況卻不如老廖所想，那位師父在準備運送的過程中，用一塊帶有經文的紅布蓋住神像，多少限制了老廖的力量，即便好不容易用力量突破那層紅布，但是殘餘的力量卻完全不足以動搖那個心如止水的師父。

這讓老廖變得慌張、無助，即便這些情緒帶給了老廖力量，但是老廖始終就是無法突破那層阻礙，只能眼睜睜看著對方將自己運送到可能可以徹底葬送自己的地方。

老廖不願意放棄，繼續不斷嘗試。

這時，不知道什麼原因，那個師父的內心突然彷彿被嚇到，讓老廖找到了一點機會，而且更好的是，從那個好不容易打出來的通道之中，老廖聽到了這位師父的心聲。

——他動了貪念，想像著自己如果中大獎的話，會有多好之類的。

雖然不知道爲什麼這位一直都力壓老廖的師父會這樣，但是老廖說什麼也不可能放過這個機會，於是他用盡自己全身上下的力量，將最恐怖的想法朝師父思緒的缺口灌下去。

下一秒，一根不知道打哪裡飛來的鋼條，直接刺穿那位捧著神像的師父。

而老廖也感覺到自己的世界一片天搖地動，被人重重地摔在了地上。

36

雖然說老廖當時是狗急跳牆，像個溺水的人抓住一根稻草般，弄死了想對付自己的師父，但是這一次老廖自己也嚇到了，他沒想到自己是哪根筋不對，怎麼現在會動不動就大開殺戒。

於是老廖想盡辦法將自己縮在神像的最角落裡面，不敢面對現實。

畢竟或許在過去自己所害死的人之中，一些是罪有應得，死了活該，一些是誤傷，不是出於他的本心，但是這次的師父，真的就是擔心自己受害，所以才下的殺手。

一方面老廖也眞的不知道自己已經有那麼大的力量了，一方面也是眞的嚇到了，結果就是老廖對自己感到震驚，不敢相信這段時間，自己變成了什麼樣的妖魔鬼怪。

因此接下來的時光，老廖幾乎都被蒙在一片漆黑之中，雖然有幾次掀開，但是老廖都是漠不關心，沉浸在厭惡自己的情緒中。中間雖然見過了一些人，不過都沒什麼值得自己注意的。

一直到一張好像看過、又有點陌生的男子偕同一個女子，一起打量著自己，才引起老廖的注意。

兩人打量著神像，他們研究自己的模樣，讓老廖覺得有點好笑，那女的還在心中問自己是何方神聖。

然而這樣的想法，很快就被另外一種驚訝的情緒給取代，只見那男人打量了自己之後，心中出現了幾個名字，其中有一個，正是自己的名字『廖添壽』。

雖然說老廖的作品也算是很有名氣，但是跟先前的竊賊不同的是，這人可是光憑作品的雕工就看出是自己的作品，讓老廖心生佩服的同時，也不免猜測眼前這男子到底是什麼人。

然而接下來另外一個人的心聲，就讓老廖感到毛骨悚然了。

他聽到了一個名字，一個對現在的他來說，絕對足以嚇到屁滾尿流的名字。

『——何長淵。』

這男人竟然是那個專門銷毀神像的何長淵？

沒有給老廖太多思考的時間，只見對方跟其他人說了幾句之後，老廖又再度被紅布給蓋住，世界再度陷入一片虛無。

然而，這段時間裡面，老廖只能一直懸著一顆心，恐懼著面對即將到來的命運。

也不知道過了多久，當紅布被掀開的時候，老廖看傻了眼。

只見那個「疑似」何長淵的男人站在自己的面前，而身後有著一整排穿著袈裟的和尚，而一旁還有一個正在加熱的火爐。

老廖眞的嚇到了！

如果眼前的這個男人，眞的就是何長淵的話，那麼自己恐怕已經想見下場了。

這實在是太諷刺了，因爲過去老廖還眞的以自己的作品從來不曾見過何長淵自豪，想不到如今第一件作品落入何長淵的手中，卻是自己還附身在其上的情況。

雖然不曾見過何長淵如何處理廢棄的神像，不過大概也猜想得到，如果沒辦法逃出神像，那麼自己的下場很可能就是被一起推入焚化爐之中，老廖有過一次火吻的經驗，那是這輩子想都無法想像的痛楚，他不想要再來一次。

而就在老廖驚慌之際，他突然看到了一個詭異又恐怖的神像就站在不遠處的台子上，面對著自己。

老廖嚇了一跳，原本還以爲那是何長淵用自己都不知道的神像來對付自己的招數，但是定睛一看，他這才了解那不是另外一座神像，而是鏡面的反射。在火爐的一旁有塊金屬板，擦得光亮的板面跟鏡子一樣，反射出自己神像的模樣。

這是老廖在被吸入神像後，第一次見到自己的神像容貌，然而老廖卻完全不認得這個自己最引以爲傲的遺作。

這眞的是自己的作品？

姑且不論自身那應該是被火烤過之後的焦黑模樣，就連神情跟外貌都跟老廖印象中完全不一樣。尤其是那對凸出來的獠牙，更是讓老廖看得毛骨悚然。他並沒有幫神像雕出那麼恐怖的獠牙，這到底是怎麼回事？難道自己一開始就上錯神像？

不過仔細看了一些細節，老廖知道這就是自己的遺作，只是不知道爲什麼容貌的部分會改變，一開始老廖還覺得會不會是因爲火災而變形，不過仔細看一下就知道……並不是這樣。

那些紋路很自然，並不是變形之後的結果，而且老廖心中也已經有了答案。常言道：「相由心生。」

老廖從來不知道，這句話還可以套用在神像上。看著反射中那黑色又恐怖的神像，他實在不敢想像這就是自己最引以爲傲的遺作。那對伸出來的獠牙，彷彿就在告訴老廖自己這段時間到底有多荒唐。

看到神像的模樣，老廖深深懊悔自己這段時間的作爲。

彷彿好像就是在宣判老廖的死刑一樣，何長淵請來的師父們開始唸經，先不要說老廖能不能像上次那樣狗急跳牆般地幹掉郭師父，現在的他不要被這宛如潮水般湧來的經文聲給淹沒就已經不錯了。

明明就已經完全聽不到周遭的聲音，只聽得到心聲，但是這時經文聲卻是如雷貫耳。

而隨著這些經文聲，老廖感覺到背後彷彿有股力量在推著自己，似乎要把自己從神像中推擠出去。

這下老廖眞的是進退兩難了，留著被火燒，出去很有可能就當場被收服，甚至很可能被打到永不超生，讓老廖不知道該怎麼辦才好。

而就在老廖已經無計可施之際，詭異的事情發生了，在那潮水般湧來的經文聲中，竟然夾雜了一絲奇怪的聲音。

他彷彿聽到了，有人在呼喚著自己……

一個聽起來很熟悉、又很值得信任的聲音。

猶豫了一會之後，老廖決定賭一把，他決定順著這股推擠自己的力道向外衝，於是他看準了那聲音的方向，然後猛力一鑽，鑽出神像，朝著那方向衝過去……

37

何長淵屏氣望向身後的高女士，看到高女士點頭，何長淵這才鬆了一口氣。

想不到情況比自己想像還要順利，原本還以爲會遇到對方頑強的抵抗，甚至可能會發生什麼意想不到的恐怖事件，結果卻順利將盤據在神像上的靈體給驅離了。

這對何長淵來說，眞的是不幸中的大幸。

在得知神像是因爲還沒有點睛就被人偷走的情況，高女士與一些師父們看法一致，認爲可能就是因爲這樣，才會讓一些遊蕩的鬼魂附在神像上，而不是那種恐怖的凶靈或者是邪神。

所以決定直接進行驅靈，將靈體從神像中逼出來，應該不會有什麼太大的問題才對。

當然對付這種靈體，不是何長淵的專長，對他來說只要確定神像裡面是乾淨的，就可以執行他的工作。只是在最後埋葬的時候，會讓一些長年供奉在廟裡面的神像灰燼圍著它，比較保險一點。

看到高女士點頭，何長淵立刻將神像送入火爐之中，看著大火逐漸呑沒神像，那顆原本沉著的心，才終於緩緩得到了解脫。

不過身後的高女士，卻跟何長淵不同，她不自覺地看向北方，臉上擔憂的神情卻顯得有點深刻。

因爲就在剛剛驅靈的時候……她清楚感覺到，一個靈體從神像中鑽了出來，表示他們確實順利將盤據在神像中的鬼魂給驅離出神像。

照這些師父的說法，被驅離出來的鬼魂，會被引導到西方極樂，也就是回歸到正常的輪迴之路。

但是，剛剛高女士也確實感覺到那個靈體出來之後，卻不是朝著西方，而是北方。

更奇怪的是，她還感覺到對方沒有離開，似乎還在附近徘徊。

這讓高女士感覺到很緊張，不過還好的是，隨著神像被大火呑噬，那個靈體似乎也離開了。

而就在高女士情緒逐漸緩和之際，銷毀的儀式也告一段落。

何長淵為了今天的儀式，特別請來了比平常還要多一倍的師父，來為神像誦經，驅離裡面的鬼魂，眼看儀式平安落幕，何長淵的感激之情全寫在臉上。

「謝謝大家！」何長淵一一跟前來的師父們握手致謝：「眞的，這次多虧大家幫忙，才沒有釀成更大的災害。」

一旁的高女士想了一下，還在想要不要把自己剛剛的感覺說出來，不過轉念一想，或許眞的是自己多慮了，畢竟從跟這尊黑神像見面之後，自己就一直處於緊繃的狀態。

或許，就好像剛經歷一場大地震之後，即便後來沒有餘震，還是會有種頭暈、彷彿在地震的感覺吧？

就是因為那個靈體給自己的壓力太大，才會讓自己一直覺得還在附近。

高女士定下心來，再度好好感應一下，確定那個靈體確實已經不在了，一切可能眞的是自己多心了，這麼想著的高女士，臉上才好不容易出現笑容。

而這起黑神像所引發的一系列悲劇，也隨著黑神像的銷毀，正式劃下了一個句點。

第八篇

趙乾坤

38

老趙坐在牆邊，仰望著天空，深深地嘆了口氣。

最近這一個月，他只要一閒下來，就想起了老廖。

對於老廖，老趙心中有著無比的愧疚，即便老廖已經多次告訴他，他的狀況與自己無關，但是老趙還是滿懷愧疚，無法自拔。

畢竟如果不是自己的委託，老廖不會這樣再度開始製作神像，就算眞的難逃中風的命運，至少也不會有種未完的使命宛如重擔一樣壓著老廖。

兩人都認識將近半個世紀了，老趙非常了解老廖對自己作品的堅持，以及對於承諾的重視，他在道上的名聲，可不只是因爲手藝高超而已。

就是因爲這些種種原因，讓老趙成爲了在老廖的喪禮上，哭得比家屬還傷心的人，甚至當場暈厥過去。

最後在喪禮結束之後，老趙也找上了廖家的家屬，希望他們可以把老廖未完成的那尊神像給他，看看要怎麼處理。

當然，在老廖中風之後，老趙就給過廖家一大筆錢，除了因爲愧疚之外，還是希望老廖不要感覺到壓力，有沒有完成都沒有關係，這件事情廖家人也很清楚，所以自然沒有拒絕老趙。

問題是，當眾人在老廖的工作室找了又找，就是找不到那尊未完成的神像。眾人一度考慮過要不要報警，然而最後老趙決定算了，不想在廖家還在哀痛之際，帶給對方困擾，所以只說如果未來找到的話，請跟他聯絡。

後來回家過了一陣子後，老趙其實也已經把這件事情忘記了，每每想起也只是弔念這位老友的死，在老趙的心裡，就算廖家真的找到了神像而不想給他，他也不會追究，畢竟對廖家人來說，絕對是情有可原的事情。

——只是老趙想不到的是，經過了幾年之後，突然接到了廖家的電話，告知原來神像當年真的被人偷走，後來歷經了許多人之手之後，現在則在一個名爲何長淵的人手上。

關於何長淵的事情，老趙當然也很清楚，他是專門處理廢棄神像的師父，本來老趙想要出面阻止對方銷毀這個老友的遺作，想不到在詢問何長淵的聯絡方式時，得知對方一直在打聽關於這個神像的事情。

這讓老趙覺得事有蹊蹺，所以順著打聽下去，很快就得知關於這個神像的傳聞。

然而老趙從小就繼承了家裡祖傳的廟宇，若要說的話，這方面的知識絕對不亞於何長淵與高女士，各廟宇間的人脈也絕對比何長淵還要廣。

在得知事情的來龍去脈之後，老趙大概猜到了，那個在黑神像裡面的人到底是誰了……

處理廢棄神像，或許何長淵是專家，但是想要處理廢棄神像裡面的邪靈，那麼廟宇裡面的這些師父，絕對比何長淵還要專業，甚至是何長淵還需要尋求廟宇的協助。

所以老趙立刻開始動了起來，全面運用了自己的人脈，終於找到了那間何長淵協助的廟宇，在得知廟宇準備用什麼辦法來驅離神像裡面的鬼魂後，老趙也打探了對方動手的時間。

或許生前他確實愧對老廖，讓他最後落得這樣的下場，如今在他死後，也絕對要讓他完成他的遺願，至少老趙是這麼想的。

所以他才會抱著一個包裹，在他們準備動手的時間，坐在何長淵工作室的外牆邊，等待著與老友的重逢。

果然時間一到，一牆之隔的何長淵工作室後院，立刻傳來了清脆的鈴鐺聲，一場驅靈的法事就這樣展開了。

而牆外的老趙，聽到了裡面的動靜，立刻站起身來，轉過身去面對著牆壁，口中唸唸有詞：「老廖啊，快跑喔，不然你會被燒死啊，別擔心，這裡我幫你準備了一個新家，你就過來吧。」

唸完之後，老趙從懷中掏出了一張符，對著空中畫了一個圓之後，用力踏了踏地，然後口中開始唸著引魂咒。

於是一牆之隔的兩邊，一邊驅魂、一邊引魂，就好像一條單行列車一樣，在何長淵的工作室兩端，形成了一條看不見的通道。

過了一段時間，兩邊都有了滿意的結果，雙方都順利完成了儀式。

只是，工作室那邊的何長淵與師父們，根本就不知道連鎖毀神像這件事情都能有像麻將攔胡一樣的事情。

牆外，順利幫老友搬了個新家的老趙，像是捧著寶物般捧著那個包裹，滿意地踏上了歸途。

老趙一路回到了自家廟宇之中，他沒有走正門，反而走只有工作人員才知道的小巷回到廟裡。

在確定沒有被其他人看到之後，老趙閃進其中一個房間裡面，一進到房間後，立刻將門上鎖。

確定一切都沒問題後，老趙將手中捧著的那包東西，放到了桌子上。他將包包打開，並且小心翼翼地將裡面的東西捧了出來。

只見裡面赫然放了尊神像，雖然一樣是財神爺，不過跟先前的那個黑神像相比，兩者之間有著天與地的差別。

這個財神爺一身紅光閃閃、珠光寶氣的模樣，臉上還掛著幸福的笑容，整個人就坐在一個金元寶的上面。

「老廖啊，不好意思，」老趙低著頭對著擺在桌上的財神爺說：「要委屈你一下了，我知道你一定不希望自己的遺作，被人這樣給銷毀，不過沒辦法，你知道何長淵那傢伙，在這道上也算是有頭有臉的傢伙。如果不這樣，他絕對不會放過你的，所以我只能假裝讓他們以爲已經順利解決你了。」

桌上的財神爺靜靜地在那裡。

「至於爲什麼挑選這尊神像，」老趙突然抬起頭，側向一邊說：「是有原因的，不過……老廖啊，你前陣子還眞的是引起不小的風波啊。」

說到這裡，老趙的臉上浮現出淡淡的笑。

「我知道你的想法，」老趙瞪大眼說：「我打從一開始就是跟你一樣的想法，所以才會委託你打造那尊神像。只是沒想到……你會比我還要激烈，直接就教訓了那些財迷心竅的傢伙。」

老趙想起先前聽到關於黑神像的「豐功偉業」，不自覺地笑著搖搖頭。

「其實，」老趙收斂起笑容：「我一直都覺得很對不起你，我一直覺得如果不是我，你最後不應該那麼快走。你要我別自責，可是人生在世能有多少個知己？能像你、我那麼合拍？唉……」

老趙沉重地嘆了口氣之後，忍不住又紅了眼眶。

「不過這樣也好啦，」老趙強忍住淚水，話鋒也跟著一轉：「或許就是因爲這樣，我們才能再度聯手。生前我沒辦法讓你的神像在我的廟裡發揚光大，現在我一定要實現你的遺願，我完全都想好了，這是一個完美的計畫。」

老趙突然向前一仰，並且壓低聲音，就好像在跟財神爺說悄悄話一樣。

「我已經要人放風聲出去，」老趙說：「說這裡有一尊有求必應的財神爺，你先前在彩券行的事情，我覺得眞的很棒，我們根本不需要等那些貪婪的信徒前來，我們可以主動出擊。過一段時間，我就會找店家看能不能把你給推銷出去，然後過些日子再派人去把你回收回來，放心，這次我絕對不會讓你落入那個姓何的手中。」

老趙說完之後，再把身體打直，臉上掛著的是宛如勾月般的邪笑。

「你在彩券行可要打起精神來幹，」老趙向財神爺信心喊話：「只要有人敢向你求中獎，求一個，咱們就教訓一個；求兩個，我們就教訓一雙，直到沒有人敢求財神爺讓他們中樂透爲止！」

話一說完，老趙再也忍不住放聲大笑了起來。

「哈哈哈哈——」

老趙狂氣的笑聲，散播在這無止盡的黑夜之中，不過比起即將會出現在各大彩券行、等著要「教訓」貪婪信徒的這尊財神爺來說，世間即將捲入的眞正恐怖現在才正要開始。

後記

大家好，我是龍雲，很高興在這邊跟大家見面。

記得在小時候，我家的斜對面是一間很有名的文昌宮。

當年的時代升學是靠聯考，所有學校跟錄取的名額，都是固定的。

所以當時的我，看著滿滿前來祈求金榜題名的人潮，常常都會有個疑惑——信徒們到底希望文昌帝君做什麼？

如果他們的小孩，本身就很用功，本來就可以考上，那麼到底要求什麼？求個心安嗎？好吧，這還可以接受。那麼如果反過來說，本身不是那麼用功，卻前來求文昌帝君，希望可以讓自己的孩子考上，這就讓我疑惑了。

因爲名額是固定的，讓一個原本考不上的考上，是不是意味著，會擠掉一個原本考得上的孩子呢？

姑且不論文昌帝君靈不靈驗，會不會這麼做，光是這個要求，就讓我感覺到困惑。總想著信徒們是不是常常會拿自己心中的願望來爲難天上的神明呢？

新修訂增加五萬字的完整版，就是要呼應這個在我心中多年的疑惑。

我常常在想，我們到底都想要神明幫我們什麼？

不管哪個宗教信仰，欲望一直都是需要被嚴格控制的，那些侍奉神明的神職人員，都需要進行或多或少的禁慾，但是卻有很多信徒希望神明可以滿足他們的欲望。這點不管怎麼看，多少都有點諷刺。

不過這些都是我們的行爲，與神明無關。人們會跑到神明前面去求姻緣、求財物、求事業、求健康等等，都不是神明的指示，而是自身欲望驅使。

其實雖然對於這些天理輪迴，礙於自身學識不足的關係，沒有辦法參透其中的奧祕，但是從小到大的一些教育，還是讓我相信神明不會滿足這些人的欲望，但是很顯然信徒們不這麼認爲，所以一些廟宇還是大排長龍，人們還是希望可以透過神明來實現自己心中的欲望……

那麼今天假設一個靈體被困在一個神像之中，透過信徒有了力量之後，成爲了一個假神。被欲望餵養茁壯的它，最後會變成什麼樣的神呢？這就是完整版的想法，也算是抒發這些年一直困惑著我的問題。

當然，想法是一回事，最重要的還是希望大家會喜歡這部作品。

那麼，我們下次再見囉。

龍雲

境外之城 151

鬼樂透（文策院影視計畫改編原著全新增修完整版）

作　　者／龍雲
企畫選書人／張世國
責 任 編 輯／張世國
發　行　人／何飛鵬
總　編　輯／王雪莉
行銷業務經理／李振東
行 銷 企 劃／陳姿億
資深版權專員／許儀盈
版權行政暨數位業務專員／陳玉鈴
法 律 顧 問／元禾法律事務所　王子文律師
出版／奇幻基地出版
城邦文化事業股份有限公司
台北市 104 民生東路二段 141 號 8 樓
電話：(02)25007008　傳眞：(02)25027676
網址：www.ffoundation.com.tw
e-mail：ffoundation@cite.com.tw
發行／英屬蓋曼群島商家庭傳媒股份有限公司城邦分公司
台北市 104 民生東路二段 141 號11 樓
書虫客服服務專線：(02)25007718．(02)25007719
24 小時傳眞服務：(02)25170999．(02)25001991
服務時間：週一至週五09:30-12:00．13:30-17:00
郵撥帳號：19863813　戶名：書虫股份有限公司
讀者服務信箱 E-mail：service@readingclub.com.tw
歡迎光臨城邦讀書花園 網址：www.cite.com.tw
香港發行所／城邦（香港）出版集團有限公司
香港灣仔駱克道 193 號東超商業中心 1 樓
電話：(852) 2508-6231 傳眞：(852) 2578-9337
馬新發行所／城邦（馬新）出版集團
【Cite (M) Sdn Bhd】
41, Jalan Radin Anum, Bandar Baru Sri Petaling,
57000 Kuala Lumpur, Malaysia.
電話：(603) 90563833　傳眞：(603) 90576622
E-mail：services@cite.my

封面版型設計／宇陸工作室
排　　版／芯澤有限公司
印　　刷／高典印刷有限公司
■2023 年7月4日初版一刷

售價／360元

國家圖書館出版品預行編目資料

鬼樂透（文策院影視計畫改編原著全新增修完整版）一初版一台北市：奇幻基地出版；家庭傳媒城邦分公司發行；2023.7
面：　公分.--（境外之城：151）
ISBN 978-626-7210-62-8 (平裝)

863.57　　112008405

ISBN 978-626-7210-62-8

Printed in Taiwan.

※ 本故事內容純屬虛構，如有雷同，純屬巧合。

廣　告　回　函
北區郵政管理登記證
台北廣字第000791號
郵資已付，免貼郵票

104 台北市民生東路二段141號11樓

英屬蓋曼群島商家庭傳媒股份有限公司城邦分公司 收

請沿虛線對摺，謝謝

奇幻基地

每個人都有一本奇幻文學的啓蒙書

奇幻基地粉絲團：http://www.facebook.com/ffoundation

書號：1H0151　書名：鬼樂透（文策院影視計畫改編原著全新增修完整版）

請於此處用膠水黏貼

奇幻基地

讀者回函卡

謝謝您購買我們出版的書籍！請費心填寫此回函卡，我們將不定期寄上城邦集團最新的出版訊息。

姓名：______________________ 性別：□男 □女

生日：西元__________年__________月__________日

地址：______________________

聯絡電話：______________________傳真：______________________

E-mail ：______________________

學歷：□ 1.小學 □2.國中 □3.高中 □4.大專 □5.研究所以上

職業：□ 1.學生 □2.軍公教 □3.服務 □4.金融 □5.製造 □6.資訊

□ 7.傳播 □8.自由業 □9.農漁牧 □ 10.家管 □11.退休

□ 12.其他______________________

您從何種方式得知本書消息？

□ 1.書店 □2.網路 □3.報紙 □4.雜誌 □5.廣播 □6.電視

□ 7.親友推薦 □8.其他______________________

您通常以何種方式購書？

□ 1.書店 □2.網路 □3.傳真訂購 □4.郵局劃撥 □5.其他

您購買本書的原因是（單選）

□ 1.封面吸引人 □2.內容豐富 □3.價格合理

您喜歡以下哪一種類型的書籍？（可複選）

□ 1.科幻 □2.魔法奇幻 □3.恐怖 □4.偵探推理

□ 5.實用類型工具書籍

您是否為奇幻基地網站會員？

□ 1.是□ 2.否（若您非奇幻基地會員，歡迎您上網免費加入，可享有奇幻基地網站線上購書75 折，以及不定時優惠活動：http://www.ffoundation.com.tw/）

對我們的建議：______________________

____

____

請於此處用膠水黏貼